Uwe Goeritz

Schicha und der Clan des Bären

Bibliografische Information der Deutschen Nationalbibliothek:

Die Deutsche Nationalbibliothek verzeichnet diese Publikation in der Deutschen Nationalbibliografie; detaillierte bibliografische Daten sind im Internet über http://dnb.dnb.de abrufbar.

© 2014 Uwe Goeritz

Coverbild: Uwe Goeritz / Jana Goeritz

Herstellung und Verlag: BoD – Books on Demand, Norderstedt

ISBN: 978-3-7386-0262-3

Inhaltsverzeichnis

Schicha und der Clan des Bären 7
   Eine kleine Gruppe 8
   Die Schlucht der Hirsche 12
   Ein struppiger Gefährte 16
   Der Clan der Wölfe 21
   Das Lager am Rande der Schlucht 25
   Ein Winter am Fluss 29
   Die Jagd im Winter 33
   Der lange Weg 37
   Schneller als ein Speer 41
   Auf der Spur des Hasen 45
   Ein Unfall mit Folgen 49
   Verehrung für den Bären 53
   Im Bauch der Erde 57
   In der Höhle der großen Katze 61
   Kann man das Essen? 65
   Töpfe und Körbe 69
   Eine Höhle aus Holz 73
   Ist das ein neuer Plan? 77
   Von Oben betrachtet 81
   Der Ruf des Wolfes 85
   Hinter der Hecke 89
   Glücklich zusammen 93
   Ein neuer Schamane 97

Ein Schrei in die Zukunft 101

Schicha und der Clan des Bären

Aus dem Dunkel der Zeit kamen die Menschen denen wir unser heutiges Leben verdanken. Diese Geschichte spielt in der Steinzeit, als unsere Vorfahren dazu übergingen sesshaft an einem Platz zu leben.

Es war der Beginn der Siedlungen, von Viehhaltung und gezieltem Anbau von Pflanzen. Die Schwierigkeiten der ersten Siedler und die Gefahren in ihrer Umwelt waren groß und dennoch haben sie diesen wichtigen Schritt gewagt.

Die handelnden Figuren sind frei erfunden aber die historischen Bezüge sind durch archäologische Ausgrabungen, Sagen und Überlieferungen belegt.

1. Kapitel

Eine kleine Gruppe

Zwischen den Bäumen tauchte ein Rehbock mit seinen Ricken auf. An einer Stelle scharrt er mit dem Huf etwas Schnee zur Seite und beginnt das vertrocknete Gras des Vorjahres zu fressen. Es ist ein kärgliches Mal. Ein Geräusch erregt seine Aufmerksamkeit. Seine Ohren suchen die Gegend ab und sein Kopf folgt der Bewegung der Ohren. Die Nase hoch erhoben versucht er eine Witterung aufzunehmen. Wer stört da sein Mahl?

Der Schnee knirschte unter den Schritten als die Gruppe über den Kamm des kleinen Hügels durch den Wald zog. Ein Teil des Schnees war schon geschmolzen aber im Schatten der Kiefern lag noch viel davon. Die Tage wurden nun wieder länger und die fünfzehn Menschen zogen mit ihrer gesamten Habe in ihr Sommerlager. Der Anführer der Gruppe bemerkte plötzlich vor sich eine Bewegung. Am anderen Ende einer kleinen Schlucht sah er den Rehbock. Dieser hatte die Gruppe nun auch bemerkt. Über die Schlucht hinweg sahen sich die beiden Anführer ihrer Gruppen in die Augen. Auf dieser kurzen Entfernung hätte man einen Schneeball hinüber werfen können.

Beide Gruppen erstarrten und schauten auf ihre Anführer. Die Gruppe der Menschen hatte auch Kinder und Frauen dabei. Der Rehbock bemerkte dies und folgerte daraus, dass es keine Jagd war. Langsam zog er sich mit den Ricken in den Wald zurück, die andere Gruppe ständig im Blick behaltend. Als alle Rehe im Wald verschwunden waren setzten auch die Menschen den Weg fort. Schicha, so hieß der Anführer der Gruppe, sagte zu einem Mann direkt hinter sich "Siehst du, in dieser Gegend gibt es auch in diesem Jahr sehr viel Wild. Wir werden auf der Jagd gute Beute machen können." der

Mann nickt und beide richteten ihren Blick wieder auf die Schlucht direkt vor sich.

Die Sonne stand schon an ihrem höchsten Punkt und der Weg zu ihrem Lagerplatz am Rande des kleinen Baches war noch weit. Schicha hielt seine Gruppe zur Eile an. Sie wollten noch vor Einbruch der Dunkelheit die Zelt, die sie zusammengeklappt hinter sich herzogen, aufgestellt haben. Die Gruppe bestand aus sechs Erwachsenen Männern, fünf Frauen und fünf Kindern in unterschiedlichem Alter. Eines der Kinder wurde von seiner Mutter in einem Beutel auf dem Rücken getragen. Alle waren schwer bepackt mit der Ausrüstung.

Der Rand der Schlucht war durch das schmelzende Eis etwas rutschig geworden und obwohl sie in Eile waren mussten sie sich doch ganz vorsichtig bewegen. Wer hier stürzte würde die Gruppe im Weiteren nur behindern und einen Verletzten tragen war im Moment nicht möglich, da alle schon voll bepackt waren. Schicha setzte seinen Fuß vorsichtig auf, alle in seiner Gruppe folgten genau seinem Tritt und setzten ihre Füße in seine Spuren.

Endlich war das Ende der Schlucht erreicht und der Boden wurde wieder eben. Der Wald wich links und rechts etwas zurück und ein kleines Rinnsal aus Wasser, das aus dem geschmolzenen Schnee stammte, zeigte ihnen den Weg zum Bach. Hier waren die schneefreien Stellen viel häufiger und die Gruppe versuchte nun die verlorene Zeit aufzuholen, indem sie sich schneller bewegte. Die Stangen der Zelte schleiften aber in der aufgetauten Erde und Schicha legte fest, dass sie jetzt auch die Zelte tragen mussten. Die Kinder bekamen etwas mehr zum tragen und die nun freier werdenden Männer nahmen die Zelte auf ihre Schultern.

Nach weiteren drei Stunden hörten sie das Gurgeln des kleinen Baches direkt unter sich. Durch das Schmelzwasser war er auf seine fünffache Breite angewachsen. Eine kleine, höher gelegene, unbewachsene Stelle war hier ideal für ihren Lagerplatz. Schicha ließ das Gepäck ablegen und begab sich an den Rand der Freifläche. Direkt unter sich sah er den reißenden Bach in seinem nun etwas breiteren Ufern dahin strömen. In ein, zwei Wochen hatte sich der Bach bestimmt beruhigt und war in sein altes Bett zurück gekehrt. Hier ober war man sicher vor dem Wasser.

Er ließ die Zelte im Kreis aufstellen, die Eingänge zur Mitte und begann im Zentrum des Kreises ein Feuer anzuzünden. Aus einem Bündel hatte er etwas trockenes Gras geholt und zwei Kinder hatten im Umkreis des Lagers trockenes Birkenholz gesammelt. Mit zwei Feuersteinen begann Schicha nun Funken für das Feuer auf das Gras zu schlagen. Nach drei Schlägen hatte er einen Funken erzeugt und blies vorsichtig in das Gras das daraufhin zu Qualmen begann. Mit etwas mehr Gras und ein paar trockenen Spänen entfachte er das Feuer richtig und legte schnell etwas Holz nach damit es genug Nahrung hatte.

Da das Feuer nun brannte wandte er sich dem Aufbau der Zelte zu. Die Männer und Frauen waren schon fast fertig. Die Handgriffe zum Aufstellen hatten sie immer wieder geübt. Oft zogen sie mit ihren Zelten dem Wild hinterher. Eine der Frauen hatte aus dem Bach Wasser geholt, das sie nun in einem Topf neben das Feuer stellte. Ein Mann legte große Steine an den Rand des Feuers damit diese von der Glut erhitzt werden. Als die Steine glühten legte eine Frau mit einem Holzstück die Steine in den Topf. Das Wasser fing sofort an zu kochen. Dort hinein gab sie nun etwas mitgebrachtes Fleisch und ein paar unterwegs gesammelte Wurzeln als Gemüse.

Es dauerte nicht lange bis das Fleisch und das Gemüse gar waren und sich alle am Feuer einfanden um gemeinsam das erste Mahl in dem neuen Lager einzunehmen. Mit geschnitzten Löffeln bediente sich ein jeder aus dem Topf und als alle satt waren gingen die Frauen mit den Kindern zur Nachtruhe in die Zelte. Schicha teilte die Nachtwache ein die das Feuer am brennen halten sollte. Nur wenn das Feuer brannte konnten sie vor den wilden Tieren im Wald sicher sein.

Zusammen mit einem der älteren Jäger, der Mann der in der Schlucht hinter Schicha gegangen war, beratschlagte Schicha das Vorgehen in ihrem Lager für die nächsten Tage. Bevor die Dunkelheit über das Lager hereinbrach ging er noch einmal an den Rand um auf den Bach hinunter zu sehen. Dieser war mehr als zweimannhoch unter ihm und damit war er hier oben sicher. Nach einem Rundgang um das Lager ging auch er in sein Zelt. Nur der Mann am Feuer blieb auf, den Speer mit der Steinspitze immer griffbereit neben sich.

2. Kapitel
Die Schlucht der Hirsche

Schicha war der letzte in der Nachtwache am Feuer und so konnte er bei Einbruch der Morgendämmerung seine Gruppe aus den Zelten nach draußen holen. Die kleineren Kinder blinzelten verschlafen in die aufgehende Sonne und die Frauen begannen wieder mit der Zubereitung des Essens. Die Jäger würden heute aufbrechen und ihr Glück in der Schlucht versuchen, wo sie gestern die Rehe gesehen hatten.

Er trat an seine Frau und seinen Sohn, der nun schon zwölf Sommer alt war, heran und verabschiedete sich. Dann griff er zum Speer und ging mit vier Jägern los. Nur der ältere Jäger würde im Lager bleiben. Die Frauen sollten jeweils zu zweit im umliegenden Wald nach essbaren Wurzel und Gräsern suchen. Beeren und Früchte würde es so früh im Jahr noch nicht geben. Die größeren Kinder würden die Mütter begleiten und die kleineren beim Feuer bleiben unter Beobachtung des erfahrenen Jägers.

Siga, der Sohn von Schicha, würde in diesem Sommer bestimmt das erste Mal seinen Vater bei einer Jagd begleiten. Er war das älteste Kind in der Gruppe und so etwas wie der Anführer der Kinder. Als die Jäger aufbrachen stand er am Zelt und schaute ihnen lange nach. Bei dieser ersten Jagd würden die Jäger ohne ihn erfolgreicher sein. Obwohl er das einsah wäre er schon lieber mitgegangen. So musste er mit seiner Mutter Mara Wurzeln sammeln, was ihm als Mann natürlich gar nicht gefiel. Zusammen mit einer weiteren Frau brachen sie zu dritt in den Wald auf und gingen einen kleinen Hügel hinauf. Mara zeigte ihm wo man suchen musste und wo es sich nicht lohnte zu suchen. Dadurch lernte er auch die Zeichen der Natur und die Spuren der kleineren Tiere zu lesen. Das würde ihm bei der Jagd dann später bestimmt auch helfen.

Die fünf Jäger kamen heute ohne Gepäck schnell voran. Nach nicht einmal einer Stunde hatten sie den Eingang der Schlucht erreicht. Schicha ging voran den Blick auf den Boden und die Spuren vor ihm gerichtet, während die anderen dicht hinter ihm den Wald links und rechts beobachteten. Sie gingen auf der Seite hinauf auf der gestern die Rehe gestanden hatten und auf der sie in den Wald verschwunden waren. Der lockere Schneerest sollte ihre Spuren sicher noch anzeigen. Vor sich sah er nun die Spur des Rehbocks genau an der Stelle wo dieser gestanden hatte. Er sah die Stelle wo das Gras abgefressen war und auch die Spur die zum Wald führte. Wenn sie dieser Spur folgen würden müssten sie auch die Rehe finden.

Als sie ein Stück dieser Spur gefolgt waren stoppte Schicha. Etwas Großes hatte die Spur der Rehe gekreuzt. Die Spur der Abdrücke war fast doppelt so groß wie die des Rehbocks. Das konnte nur ein Hirsch gewesen sein und die Spur war noch ganz frisch. Schicha beugte sich hinab. Die Ränder waren noch ganz scharf abgezeichnet. die Spur konnte nicht einmal eine Stunde alt sein. Wenn sie diesen Hirsch erlegen könnten hätte das ganze Lager für eine Woche genug zu essen.

Schicha verfolgte mit seinem Blick den Weg der Spur im Schnee, von seiner Position aus, so wie der Hirsch gegangen war. Nicht weit vor ihm führte die Spur um einen Busch herum. Dorthin bewegten sich die Jäger vorsichtig. Sie hatten Glück das ihnen der Wind entgegenkam, so würde der Hirsch, wenn er wirklich da vorn war, ihre Witterung nicht aufnehmen. "Jetzt nur keinen Laut machen." dachte sich Schicha während er vorsichtig die Füße aufsetzte. Ein Ast unter dem Schnee könnte schon sein Jagdglück gefährden. Das kleine Stück

Weg bis zum Busch kam ihm unendlich lange vor. Was war dahinter? Der Hirsch oder nur die Spur die in den Wald führte?

Mit einem Handzeichen schickt Schicha zwei Jäger links um das Gebüsch währen der selbst mit den anderen beiden rechts herum schlich. Noch war nichts zu sehen bis auf die Spur direkt vor ihnen. An der Kante des Buchs hockte er sich hin und schaute vorsichtig durch die noch nicht belaubten Zweige. Da bewegte sich etwas vor ihm. Nicht weit voraus sah er deutlich zwei Hirsche und nicht nur einen. An der anderen Seite des Gebüschs hatten die anderen Jäger nun auch die Hirsche gesehen. Sie warteten auf Schichas Zeichen mit dem Speer in der Hand.

Vor der Jagd hatten sie wie immer ausgemacht welches Tier sie bei mehreren zu Jagen hatten. Damit war jetzt klar, dass der rechte, der auf Schichas Seite stehende Hirsch ihre Beute sein würde. Er verband sich im Geiste mit der Seele des Hirsches und bat ihn um Erlaubnis für die Jagd und um Entschuldigung, dass er ihn nun töten würde. Als er von dem Hirsch als Zustimmung ein nicken des Kopfes vernahm ließ er als verabredetes Zeichen seinen Käuzchenruf ertönen damit alle wussten das die Jagd nun begann.

Gleichzeitig stürmten die fünf Jäger um das Gebüsch herum die Speere fest zum Wurf bereit in der Hand. Die beiden Hirsche fuhren herum und der rechte blieb einen Augenblick zu lange mit seiner Seite zu den Jägern stehen, so als ob er sagen wollte "Hier bin ich, ich bin bereit." Fünf Speere flogen im gleichen Moment los und trafen auch zugleich in die Seite des Hirsches. Dieser machte einen Satz nach vorn und brach zusammen. Der zweite Hirsch hatte den Waldrand erreicht und schaute sich kurz um als ob er sich bei seinem Freund verabschieden wollte, dann verschwand er in der Tiefe des Dickichts.

Die Jäger stürzten sich auf den am Boden liegenden Hirsch und Schicha erlöste das Tier mit seinem Messer. Sie zogen die Speere aus der Seite und knieten sich vor den Hirsch. Jetzt bedankte sich Schicha laut bei dem Hirsch dafür, dass sie ihn jagen und töten durften. Es war ein großes und mächtiges Tier mit einem sehr schönen Geweih. Es wäre vermutlich in den nächsten Tagen abgeworfen worden da Hirsche im Frühling immer ihr neues Geweih bilden. Umso froher war Schicha das dieser hier noch sein Geweih hatte. Es würde für Messergriffe und allerlei andere Dinge gute Dienste leisten können.

Zwei der Jäger holten einen starken, geraden Ast aus dem Wald, während Schicha mit zwei mitgebrachten Stricken die Beine des Hirsches fesselte. Dann steckten Sie den Ast durch die Beine und nahmen den Hirsch auf die Schulter. Schicha musste noch den Kopf nach oben binden damit das schöne Geweih nicht auf den Boden schliff. So zogen sie los. Immer zwei hatten den Hirsch auf der Schulter und immer nach einer kurzen Strecke lösten zwei andere sie ab. Der verbliebene fünfte Jäger trug die fünf Speere die ihr Ziel heute so gut getroffen hatten.

Der Rückweg mit der schweren Beute dauerte fast doppelt so lange wie der Hinweg. Die Frauen im Lager sahen schon bald die Jäger aus dem Wald kommen mit dem Hirsch auf der Schulter. Im Lager würden sie ihn zerlegen und das Fleisch trocknen das sie nicht gleich essen wollten. Fell und Sehnen würden sie für die Zelte verwenden und für das Geweih würden sich auch viele nützliche Möglichkeiten eröffnen. Mara war sehr stolz auf ihren Mann und Siga ein wenig traurig, dass er nicht dabei gewesen war, aber das Essen für die Gruppe war wichtiger als seine Lehrstunde und das sah er auch ein.

3. Kapitel
Ein struppiger Gefährte

Der erfahrene Jäger war mit Schicha und Siga aufgebrochen um im Wald für Siga eine Lehrstunde zum Jagen abzuhalten. Da sie noch viel von dem Hirsch übrig hatten konnten es sich die Jäger leisten einen Tag mal nicht auf die Jagd zu gehen. Sie nutzten diese Gelegenheit für eine Erkundung in eine andere Richtung vom Lager aus.

Etwas weiter Stromaufwärts war ein großer Baum über den Bach gestürzt und bildete so eine Brücke über die reißenden Fluten. "Sollten wir es wagen darüber zu gehen?" fragte Schicha und schaute Siga an. Der schaute auf den Bach hinunter und sagte, allen Mut zusammennehmend, "Warum nicht." Er wollte sich nichts anmerken lassen doch Schicha hatte es schon bemerkt, das sein Sohn etwas Angst davor hatte. Mit einem kurzen Blick verständigten sich die beiden erfahrenen Jäger und nahmen den Jungen in die Mitte.

"Schau nicht nach unten, nur nach vorn wohin du deine Füße setzt." sagte Schicha und Siga nickte, nun nicht mehr ganz so mutig. Sie hatten schon mehr als die Hälfte geschafft als Siga kurz abrutschte aber Schicha, der hinter ihm lief, faste schnell zu und zog den Jungen zurück auf den Baum. Der ging nun sehr viel langsamer und vorsichtiger weiter.

Mussa, so hieß der erfahrene Jäger, der vorausging, hatte nun das Ufer erreicht und stellte sich an das Ende des Baumes. Hier hatte der Sturm die ganze Wurzel des Baumes heraus gerissen und ein großer Ballen Erde bildete zusammen mit den abgebrochenen Wurzeln das Ende der Brücke. Mussa reichte Siga die Hand und half dem Jungen auf den Boden zurück. Der war nun froh wieder festen Boden unter den Füßen zu haben und sein Mut war auch plötzlich wieder da. Danach half Mussa noch Schicha vom Baum und zusammen gingen sie langsam am Bach entlang.

Siga und Schicha gingen nebeneinander und Mussa folgte ihnen mit einem kleinen Abstand. Schicha zeigte dem Jungen einige Spuren im Schnee. Ab und zu blieben sie stehen und hockten sich hin. Hier war die Fährte eines Fuchses zu sehen, dort die Spur eines Hasen oder einer Krähe. Einige Spuren kannte Siga schon und versuchte Schicha mit seinem Wissen zu beeindrucken. Jetzt in dieser Zeit konnte er dem Jungen das lesen der Spuren beibringen. Einige Spuren gingen vom Schnee über die feuchte Erde zum vertrockneten Gras des Vorjahres und so konnten sie beim verfolgen eine Fuchsspur deutlich sehen, wie der Fuchs in den verschiedenen Untergründen seine Fußabdrücke hinterlassen hatte.

Da, wo der Fuchs in den Wald gelaufen war, zeigte Schicha die Spuren an den Zweigen. Einige kleine Äste waren abgebrochen und an der Bruchstelle konnte man sehen, dass der Fuchs bereits am Vortag hier entlang gelaufen war. Siga nahm jeden Hinweis mit Eifer auf. Alles was er heute lernte würde er den Rest seines Lebens immer wieder brauchen. Oft fragte er nach und Schicha erzählte dann weitere Informationen dazu. Plötzlich stoppte Schicha und zeigte auf eine große Spur direkt vor sich. Mussa blickte nach vorn und an der Art wie sich die beiden Jäger anschauten bemerkte Siga das diese Spur etwas besonderes sein musste. "Das war ein Bär der hier vom Bach in den Wald gelaufen ist." sagte Mussa und Siga verstand. So ein gewaltiges Tier war hier in der Nähe ihres Lagers unterwegs. Nun mussten sie besonders vorsichtig sein. Bären hatten im Frühjahr nach dem Winterschlaf Hunger, die Bärinnen hatten Junge dabei und da wollte man nicht von einem Bären überrascht werden.

Deutlich vorsichtiger und angespannter als bisher setzten die drei ihren Weg fort. Die Spur war vom Vortag, aber war der Bär noch in der Nähe? Bestimmt!

Etwas weiter am Bach entlang öffnete sich eine Schneise in den Wald an deren Ende die drei eine Lichtung sehen konnten. Schicha bog in die Schneise ein und die beiden anderen folgten ihm vorsichtig. Leise und fest die Speere umklammernd gingen die drei immer weiter die Schneise entlang. Auf diesen Wegen waren oft Wildwechsel und die wollte Schicha dem Jungen zeigen. Als sie dich Lichtung betreten hatten sahen alle drei sofort, dass dort ein Kampf stattgefunden haben musste. Das Gras war aufgewühlt und einige kleine Büsche waren herausgerissen oder umgeknickt. So eine Verwüstung konnte nur ein wütender Bär angerichtet haben, doch wer hatte den Zorn des Bären hervorgerufen?

Am Ende der Lichtung sahen sie etwas grau-rotes halb im Gras und halb auf einer Schneewehe liegen. Sie konnten es nicht genau erkennen und näherten sich vorsichtig. Es war irgendetwas aus Fell, so viel war schon mal sicher, und es musste ein Tier sein. Der Farbe nach konnte es schon mal nicht der Bär sein. Sic gingen weiter auf das fremde Tier zu und konnten dann aus kurzer Entfernung sehen, dass es sich um einen sehr jungen Wolf handelte. Vermutlich war er beim Kampf seiner Mutter mit dem Bären zwischen die Fronten geraten und dabei verletzt oder getötet worden. Sein Fell war vom Blut verkrustet und er lag vermutlich schon seit ein paar Stunden hier so da.

Als die drei Jäger sich dem Wolf auf Armlänge genähert hatten hob der kleine Wolf langsam den Kopf. Er war noch am Leben aber sehr schwach. "Sollen wir ihn erlösen oder mitnehmen?" fragte Schicha Mussa. Zusammen gingen sie vor dem Wolf auf die Knie. Siga blieb einen Meter hinter den beiden. Mussa betrachtete die Wunden des Wolfes und sagte "Das Blut kann nicht nur von ihm stammen. Wenn die Wunde heilt kann er es schaffen. Er ist jung und stark. Wir nehmen ihn mit ins Lager." Schicha nickte und band dem Wolf als erstes zur Sicherheit die Schnauze zu sowie die Beine zusammen. Als der Wolf so fixiert war begann Schicha ihm einen Verband aus Kräutern aufzulegen, die er immer in der Tasche hatte für Notfälle. Siga schaute aufmerksam zu, wie die Wunden des Wolfes verbunden wurden.

Nachdem der Wolf versorgt war nahm ihn Schicha auf die Schultern und Mussa nahm ihm den Speer ab. Zusammen machten sich die drei, jetzt ja eigentlich vier, auf den Weg zurück zum Lagerplatz. Siga ging vornweg, dahinter Schicha mit dem Wolf und den Schluss bildete Mussa mit den beiden Speeren. Als sie wieder an dem Baum waren musste Siga nun alleine über den Baum gehen, da sein Vater, durch den Wolf auf seiner Schulter, keine Hand für ihn frei hatte. Ohne zögern ging er hinüber und Schicha war mächtig stolz auf seinen großen Sohn.

Im Lager angekommen versorgten sie den Wolf mit Wasser und wuschen seine Wunden aus, dann verbanden sie die Wunden erneut. Schicha erzählte allen im Lager beim Abendessen von der Bärenspur und wie sich Siga beim Spurenlesen angestellt hatte, wie Stolz er auf Siga war und Mara strich ihren Sohn über den Kopf, was der als tapferer Jäger natürlich nicht mit sich machen lassen wollte. Aber für ein, zwei Jahre war er noch ihr kleiner Sohn und da musste er sich das gefallen lassen.

In den nächsten Tagen erholte sich der Wolf von seinen Verletzungen und wurde immer zutraulicher zu Schicha. Er erhielt etwas von dem Hirschfleisch zum fressen und ihm gefiel das Leben im Lager bei den Menschen deutlich besser als das mühsame Leben im Wald mit all den Gefahren. Wann immer Schicha nun zur Jagd aufbrach folgte ihm auch der Wolf und die beiden wurden unzertrennlich. Der Wolf profitierte von der Jagdbeute Schichas, Schicha konnte sich beim Lesen einer Spur nun auch auf die feine Nase seines Wolfes verlassen und hatte damit immer öfter Glück bei der Jagd.

4. Kapitel
Der Clan der Wölfe

Es war Sommer in dem Tal am Fuße der Berge geworden. Der Wolf lebte nun schon mehr als ein Jahr bei Schicha in der Gruppe und in diesem Jahr hatten sie an einem anderen Bach ihr Lager aufgeschlagen. Leise murmelte der Bach an den Zelten vorbei. Die Gruppe war um eine Frau und zwei Kinder größer geworden seit dem letzten Jahr. In dieser weiten Ebene war der Wald etwas lichter und die Jagd auf große Tiere war etwas schwieriger weil sich die Jäger nicht so gut annähern konnten.

Die Gegend hatte dafür den Vorteil das Auerochsen in einer großen Herde auf einer Freifläche grasten. Die großen mächtigen Tiere standen wie eine Mauer aus schwarzem Fell wenn sie einen der Jäger bemerkten. Nur wenn man ein einzelnes Tier von der Seite überraschen konnte hatte man Jagdglück aber das Fleisch eines Tieres konnte die kleine Gruppe für einen Monat ernähren und so musste mal also nur einmal im Monat Glück haben.

Der Wind wehte sanft über das etwa kniehohe Gras auf der Lichtung. Ein paar kleinere Büsche standen am Rande des Waldes und auf der Lichtung. Schicha und Siga übten an diesem warmen Sommertag das Heranschleichen an die Herde, als sie aus der Deckung einer Senke heraus eine andere Gruppe von Jägern bemerkten, die sich von der gegenüberliegenden Seite an die Herde heranpirschten. Schicha schüttelte den Kopf. "Niemals mit dem Wind an das Wild heran schleichen." sagte er leise zu seinem Sohn. Die andere Gruppe machte aber gerade diesen Fehler. Die Auerochsen hatten schon lange gemerkt, dass da Menschen sich näherten und bildeten eine Mauer aus Köpfen und Hörnern wie es zu erwarten war.

Die beiden schauten aus ihrem Versteck zu, wie die fremden Jäger wohl mit dieser Situation umgehen würden. Man konnte immer etwas lernen und Siga schaute besonders aufmerksam zu. Sie konnte sieben Jäger zählen, diese Gruppe war also stärker als ihre eigene. Während die Jäger nun offen auf die Herde zugingen, die Auerochsen hatten sie ja längst bemerkt und für das Verstecken war es zu spät, sah Schicha das sich in einem Gebüsch an der Seite der Herde zwei weitere Jäger versteckt hatten. Die sieben waren also nur zur Ablenkung da, die beiden anderen hatten offenbar etwas vor.

Aufmerksam verfolgten diese beiden Jäger von der Seite die Reaktionen der Herde und ihrerseits wurden sie von Schicha und Siga beobachtet. Als sich einer der Auerochsen von der Herde trennte gaben sie ein Zeichen woraufhin die sieben mit lautem Gebrüll und hoch erhobenen Armen auf die Herde zuliefen und die beiden aus dem Gebüsch heraus mit Pfeil und Bogen das abgesonderte Tier beschossen. In kürzester Zeit trafen fünf Pfeile das Tier das daraufhin zusammenbrach. Alle neun Jäger stürzten nun auf das Tier das am Boden lag und beachteten die fliehende Herde nicht weiter.

Schnell töteten sie das Tier und begannen es vom Platz zu ziehen. Nur mit vereinten Kräften gelang ihnen das. Die Taktik hatte sich ausgezahlt. Schicha und seine Gruppe griffen die Auerochsen immer nur mit dem Speer an. Nur für kleinere Tiere nahmen sie Pfeil und Bogen aber mit der Herangehensweise der anderen Gruppe konnte man es offensichtlich auch mit größeren Tieren aufnehmen.

Langsam schlichen sie aus ihrer Deckung zurück in den Wald und dann gingen die beiden zurück in ihr Lager. Wer waren die anderen Jäger die hier in ihrer Nähe waren. Fremde auf alle Fälle doch waren sie freundlich oder kriegerisch eingestellt? Am nächsten Tag würde

Schicha mit drei Jägern versuchen das herauszufinden. Für die Nacht jedoch teilte er doppelte Wachen ein und diese mit erhöhter Aufmerksamkeit.

Nach Sonnenaufgang gingen die vier zu der Stelle, an welcher der Auerochse am Vortag erlegt worden war. Die Schleifspur war deutlich zu sehen und sie brauchten ihr nur zu folgen. Der Wolf war, wie immer, an Schichas Seite. Die Spur führe durch eine Schneise im Wald direkt zu einer großen Lichtung. Nach der Anzahl der Zelte war die andere Gruppe etwa doppelt so stark wie Schichas Gruppe. Vorsichtig gingen die vier am Rande der Schneise im Wald vorwärts. Als Schicha den Rand der Lichtung erreicht hatte trat einer der Jäger hinter ihm auf einen kleinen Ast. Das Geräusch reichte aus die Aufmerksamkeit der Fremden in ihre Richtung zu lenken und schon gab die Wache im Lager Alarm und alle fremden Jäger stürzten mit Speeren in der Hand auf sie zu.

Als sie nur noch wenige Schritte entfernt waren sprang der Wolf zwischen die beiden Gruppen und stellte sich schützend vor Schicha. Mit gefletschten Zähnen und wild knurrend erwartete er die Angreifer die daraufhin sofort stehen blieben und die Waffen senkten. "Ich bin Gumba, Anführer des Wolfsclans" sprach der größte der Angreifer, ein breitschultriger Mann mit einem langen schwarzen Bart, "Wer seid ihr das ihr einen Wolf bei euch habt?" "Ich bin Schicha vom Clan der Bären" antwortete Schicha schnell. "Der Wolf ist mein Freund und Begleiter."

Gumba bat nun die Jäger mit dem Wolf in seiner Lager. Alle vom fremden Clan verbeugten sich wenn der Wolf an ihnen vorbei lief. Im Lager setzten sie sich an das Feuer. Gumba erzählte von seiner Gruppe und Schicha von der seinen. Dem Wolf wurde etwas zu trinken und zu fressen hingestellt und als Schicha ihm ein Zeichen gab nahm er davon. Die beiden Anführer verabredeten für den Winter in ein gemeinsames Lager zu ziehen und machten den Sammelplatz für ihren Zug aus.

Am vierten Vollmond ab heute wollten sie sich treffen und gemeinsam den Winter verbringen. Als alles besprochen war verabschiedeten sich die beiden Gruppen voneinander und Schicha zog mit seinen Jägern und dem Wolf wieder in sein Lager. Dort angekommen erzählte er von der Begegnung und der Verabredung zum Winterzug. Am nächsten Morgen bemerkte Mussa, das sich eine Gruppe von Menschen dem Lager näherte. Es waren sowohl Männer als auch Frauen und darum rief er nicht alle Jäger sondern nur Schicha zu sich. Dieser erkannte die Gruppe des Wolfsclans vom Vortage sofort an ihrem Anführer.

Zusammen mit Mussa, Mara und Siga ging er der anderen Gruppe entgegen. Gumba hatte etwas von dem Fleisch des Auerochsen mitgebracht und Schicha lud die kleine Gruppe an sein Feuer ein. Zusammen setzten sie sich und feierten ihre neue Freundschaft mit einem Festmahl aus Auerochsenfleisch.

5. Kapitel

Das Lager am Rande der Schlucht

Am Tage vor dem vierten Vollmond räumten alle im Lager auf. Soweit alles möglich war wurden die Sachen schon verpackt und nur die Zelte sowie das was für den nächsten Morgen benötigt wurde blieben noch stehen. In den letzten drei Monaten waren sich die beiden Clans immer näher gekommen. Sie hatten zusammen gejagt und auch ihre Erfolge gefeiert. Man hatte sich ab und zu gegenseitig besucht. Mara und Kara, die Frau Gumbas, waren Freundinnen geworden und hatte viele Tipps ausgetauscht.

Die nächsten Monate würde man also zusammen im Lager verbringen und wenn man sich schon etwas angefreundet hatte ging das alles viel besser. Die Winter konnten lang und kalt werden und wenn es da im Lager zu Streitigkeiten kam konnte das ungemütlich werden. Einen neuen Platz zu suchen war dann nicht mehr möglich. Mara freute sich schon darauf etwas mehr Zeit mit Kara zu verbringen. Diese hatte eine Tochter die in Sigas alter war.

Als die Sonne am Morgen aufging löschte Schicha das Feuer, das den ganzen Sommer über gebrannt hatte. Für alle war dies das Zeichen für den Aufbruch. Die Zelte wurden abgebaut und die letzten Sachen verpackt. Nachdem alle Zelte verschnürt waren kontrollierte Schicha den Platz und die Ausrüstung. Dann brachen sie auf. Er ging mit Mussa als erster vom Platz und die Familien schlossen sich an. Sie zogen den kleinen Bach entlang bis sie zum Sammelplatz kamen an dem sie sich mit dem Clan der Wölfe treffen wollten. Schicha ließ die Zelte kurz ablegen und so warteten sie auf die andere Gruppe. Es wurde Trockenfleisch verteilt und alle ließen es sich schmecken.

Nicht lange danach bemerkte er, dass die Vögel in einem naheliegenden kleinen Wäldchen aufflogen. Das war vermutlich die andere Gruppe, welche die Vögel aufgescheucht hat, dachte sich Schicha und tatsächlich sah er nun Gumba mit den Seinen aus dem Wäldchen treten. Mit Mussa ging er der Gruppe entgegen und begrüßte Gumba. Dann schloss sich auch seine Gruppe dem Zug an und gemeinsam gingen sie den Bach entlang in Richtung der kleinen Berggruppe am Horizont.

Der kleine Bach mündete in einen breiten Fluss und Schicha schwenkte mit den beiden Gruppen auf einen breiten Weg entlang des Flusses ein. Nun ging es leicht Bergauf, der Fluss strömte in einer Schlucht weit unter ihnen dahin. Als Gumba fragte „Wie weit ist es noch?" zeigte Schicha auf einen kleinen Weg direkt vor sich und antwortete "Wir sind schon fast am Ziel." Gumba schaute sich um konnte aber außer dem Weg nichts sehen was wie ein Winterlager aussah. Schicha bemerkte seinen Blick und sagte "Wir haben das Lager im Frühjahr versteckt damit dort kein anderer lagert." mit einem Zwinkern sagte er dazu "Weder mit vier noch mit zwei Beinen."

Sie zogen nun mit der gesamten Habe und den Zelten den kleinen Weg die Anhöhe hinauf und blieben unmittelbar vor der Felswand stehen. Ein Geröllhaufen und ein paar Büsche waren alles, was zu sehen war. "Wo sollen wir denn nun den Winter bleiben?" fragte Gumba und statt einer Antwort räumten Gumba und Mussa ein paar Büsche und Steine zur Seite. Der Eingang einer Höhle war dahinter zu sehen. Nun fassten alle Jäger mit an und machten den Eingang so breit das drei Menschen gleichzeitig hindurch gehen konnten. Die Steine legten sie neben die Höhle, so dass eine Art von Windfang entstand.

Schicha entzündete eine Fackel und ging mit Gumba hinein. Die Höhle erstreckte sich sehr weit in den Felsen. "Im vorderen Bereich werden wir wohnen, im mittleren Bereich schlafen und im hinteren Bereich legen wir die Zelte und das übrige Gepäck ab, das wir im Winter nicht brauchen." sagte Schicha und Gumba nickte. So eine geräumige Höhle hatte er noch nie gesehen. "Ein schöner Platz für den Winter." sagte er.

Als beide wieder aus der Höhle kamen wiesen sie die Familien an die Sachen wie abgesprochen in die Höhle zu bringen. Einige holten Brennholz aus dem nahen Wäldchen und schnell wurde in der Höhle ein Feuer gemacht. Da es langsam begann zu dämmern brachten die Frauen ihren Hausrat so an die Plätze, dass sie damit arbeiten und leben konnten. Die Kinder wurden auf die Schlafplätze verteilt und es gab zum Abschluss des Tages noch einmal Trockenfleisch. Am nächsten Tag würden die Jäger versuchen Beute im Wald zu machen und die Frauen würden Holz für das Feuer und Wurzeln sowie Beeren für das Essen suchen und finden.

Am Höhleneingang wurde eine Wache eingeteilt und danach gingen alle in der Höhle schlafen. Das Holz reichte genau bis zum Sonnenaufgang und als die Sonne durch die Höhlenöffnung fiel machten sich alle auf den Weg. Die Kinder würden beim Holzsammeln mithelfen und Siga würde die Jäger begleiten dürfen. Sie waren nun viel mehr Jäger und teilten sich daher in drei Gruppen auf. Eine wurde von Schicha, eine weitere von Mussa und die dritte von Gumba geführt.

Nur zwei ältere Frauen blieben in der Höhle, sonst waren alle unterwegs. Ein kleiner Bach neben der Höhle führte etwas Wasser bevor er weiter vorn in die Schlucht des Flusses einmündete. Rings um die Höhle waren Büsche und kleinere Bäume direkt an der Schlucht wurde der Wald etwas dichter und dort war auch mit Wild zu rechnen. Die Frauen brachen an diesem ersten Tag dreimal in den Wald auf. Ein jedes Mal kamen sie beladen mit Holz, essbaren Wurzeln und Beeren zurück. Am Abend sahen sie, von oben herab, auch die Jäger zurück kehren. Zuerst kam Schichas Gruppe die aber nur ein paar Hasen erbeutet hatte. Dann folgte, wenig später, Mussas Gruppe die ein paar Enten gefangen hatten und zum Schluss, kurz vor der Dämmerung, kam Gumba mit seinen Jägern zurück. Sie hatten ein Reh geschossen.

Für das Abendbrot waren da schon die Hasen und Gänse vorbereitet, so dass das Reh für den nächsten Tag zerlegt wurde. Das Fleisch musste für den Winter haltbar gemacht werden, wenn es draußen erst stürmen und schneien würde könnte man an manchen Tagen die Höhle nicht verlassen und dafür mussten nun noch Vorräte angelegt werden.

Nachdem man nun schon vier Wochen in der Höhle lebte und täglich in den Wald zog bemerkte Schicha eines Morgens das der Himmel sich grau verfärbte. Zu Gumba gewandt, der hinter ihm am Eingang der Höhle stand, sagte er "Wir bekommen heute noch den ersten Schnee." Gumba nickte und erwiderte "Hoffentlich kommt in diesem Jahr nicht zu viel davon."

6. Kapitel
Ein Winter am Fluss

Es lag nun schon seit zwei Monaten Schnee rings um die Höhle aber bisher war der Winter nicht so hart wie befürchtet. In der Höhle war es schön warm durch das Feuer am Eingang. Der Rauch zog nach außen und die Wärme nach innen so wie es sein sollte. Stürme und viel Schnee waren ausgeblieben nur etwa Kniehoch lag der Schnee an der tiefsten Stelle neben der Höhle. In den letzten paar Tagen hatten Gumba, Schicha uns Siga aus einem großen Baum ein Boot gebaut mit dem sie den Fluss hinunter fahren wollten um die Gegend dort zu erkunden.

Mara uns Kara packten ihren Männern ein paar Vorräte ein und zu dritt schleppten die Männer mit dem Jungen das Boot an den Fluss. Vorsichtig ließen sie es zu Wasser und stiegen hinein. Als sie alle Platz genommen hatten stieß Gumba das Boot mit einer schnellen Bewegung in die Strömung und die Fahrt begann. Etwas schneller als wenn man gelaufen wäre aber viel bequemer waren die drei nun unterwegs. Zu beiden Seiten des Flusses war noch die Schlucht zu sehen mit bewaldeten Kanten am oberen Ende. Den ganzen Tag würden sie fahren und nachts am Ufer rasten.

In der Mitte des zweiten Tages kamen sie an eine Stromschnelle die sie lieber zu Fuß an Land umgehen wollten. Daher nahmen sie das Boot aus dem Wasser und trugen es auf den Schultern am Ufer bis sie es im ruhigeren Wasser wieder hineinsetzten und die Fahrt wieder aufnahmen. Das Ufer war nun deutlich flacher und auch die Bäume wurden zunehmend kleiner. Freie Flächen mit kleinen Gebüschen waren nun häufiger.

Am Abend des vierten Tages vereinbarten die Männer, dass sie am nächsten Tag zu Fuß die Umgebung am Fluss erkunden wollten. Als dann der Morgen anbrach versteckten sie das Boot unter ein paar Sträuchern und Ästen. Zusammen gingen sie von Fluss durch eine Schneise in einer kleinen Baumgruppe zu einer Freifläche um zu Beobachten was und wer da zu sehen ist. Die Freifläche war eine sehr große Lichtung in dem Wald und auf ihr standen ein paar Hirsche. Eine kleine Gruppe Auerochsen war ebenfalls zu sehen und an den Spuren sahen die Männer, dass es hier auch Wildschweine geben musste. Es war also viel Wild da und soweit sie sehen konnten war die Gegend nicht von Menschen bewohnt. Nur Tierspuren waren im Schnee zu sehen.

Weit und breit war keine Rauchsäule zu sehen die auf die Anwesenheit von Menschen hindeutet und doch war das Leben hier bestimmt im Sommer sehr angenehm. Konnte es sein das die Gegend noch vollkommen unbewohnt war von Menschen? Oder waren sie, so ähnlich wie ihre eigenen Gruppen, nur im Winter in die Winterlager gezogen? Das wollten die drei Männer nun erkunden.

"Wo würdest du dein Lager aufschlagen?" fragte Schicha Gumba und der überlegte kurz. "An einem Bach mit Wasser in der Nähe und viel Wild." antwortete er. Schicha nickte. "Komm lass uns das erkunden ob da irgendwo ein Lager war im Sommer." stimmte Schicha zu. Zusammen machten sich die drei nun auf den Weg um die Lagerspuren von Menschen zu finden oder eben lieber keine Lagerspuren denn dann war die Gegend für sie noch frei.

Vorsichtig zogen sie durch die leicht verschneiten Wälder. Siga, der zuletzt lief, zog einen kleinen Busch hinter sich her um ihre Fußspuren zu verwischen. Die beiden erfahrenen Jäger und Fährtenleser suchten an verschiedenen Stellen den ganzen restlichen Tag nach

Spuren von Menschen doch nichts war zu finden. Entweder hatten diese alles sehr sorgfältig aufgeräumt verlassen oder es gab hier keine Menschen. Als die Dämmerung schon langsam einsetzte und sie zum Fluss zurückgehen wollten fanden sie doch noch einen alten Lagerplatz. Siga hatte einen alten abgebrochenen Griff eines Topfes im Schnee gefunden. Schicha lobte seinen Sohn dafür und nun erkundeten sie den Lagerplatz.

Die Gruppe die hier im Sommer gewesen war hatte in etwas so viele Angehörige wie Schichas Gruppe. Vielleicht konnte man sich mit denen einigen wenn man all das viele Wild in der Gegend betrachtete. Es war mehr als genug für alle da. Im Frühjahr würden sie wieder an diesen Platz zurückkehren und versuchen mit der Gruppe ins Gespräch zu kommen. Mal schauen. Da es nun zunehmend dunkler wurde blieben sie über Nacht an diesem Platz und lagerten einfach auf der kleinen Lichtung.

Als sie am nächsten Morgen zu ihrem Boot aufbrachen stellten sie fest, dass eine Wildschweinrotte in der Nähe ihres Bootes am Wasser gewesen war. Alles war zerwühlt aber das Boot war noch da. Nicht auszudenken was passiert wäre wenn eines der Schweine das Boot in den Fluss geschubst hätte. Den weiten Weg zurück hätten sie dann im Winter, im Schnee zu Fuß machen müssen. Bei dem Gedanken war Schicha nicht ganz wohl und so einigten sie sich darauf wieder in ihr Lager zurück zu fahren.

Gegen den Fluss zu Rudern war etwas anstrengender als sich mit dem Strom treiben zu lassen. Sie waren nun schon vier Tage unterwegs und hatten erst die Hälfte geschafft. Kurz vor der Stromschnelle brach auch noch Sigas Paddel ab so dass sie sich erst ein neues im Wald schnitzen mussten. Während Siga unter Schichas Anleitung ein neues Paddel herstellte ging Gumba auf die Jagd mit Pfeil und Bogen.

Etwas Frischfleisch nach all dem Trockenfleisch war den dreien ganz willkommen. Als das neue paddel fertig war machte Schicha ein kleines Feuer und kurz darauf kam Gumba mit zwei Hasen wieder, die er mit seinen Pfeilen erlegt hatte.

Am Feuer auf einen Stock gespießt wurden die Hasen langsam gegart. Die drei Jäger saßen davor und ihnen lief schon das Wasser im Mund zusammen vom Duft der gebratenen Speise, als sie es im Gebüsch hinter sich knacken hörten. Mit einer Fackel in der Hand ging Schicha in die Richtung des Geräusches, den Speer fest in der anderen Hand. Er sah zwei glühende Punkte aus dem Dunkel der Nacht aufleuchten. "Ein Luchs!" dachte er sich und schrie das Tier an so laut wie er konnte. Der Luchs erschrak. Ob vor der Fackel oder dem Lärm war Schicha egal. Mit einem Satz verschwand der Luchs im Dickicht und in der Dunkelheit.

Am Feuer zurück informierte Schicha die anderen beiden und dann legte er noch etwas Holz nach, damit das Feuer groß genug blieb. „An das Feuer wird der Luchs nicht kommen." machten sich die drei gegenseitig Mut und verzehrten genüsslich ihre Hasen die nun soweit waren gegessen zu werden.

Weitere vier Tage später waren sie wieder an ihrem Ausgangspunkt zurück und erzählten von ihrer Reise, dem vielen Wild und dem Luchs. Die Angst am Feuer verschwiegen sie dabei aber.

7. Kapitel
Die Jagd im Winter

Die Tage wurden langsam wieder länger und es hatte doch noch angefangen richtig viel zu schneien. Das Wild in der unmittelbaren Umgebung der Höhle hatte sich weiter zurückgezogen, so dass die Jäger immer öfter mit leeren Händen von der Jagd zurück kehrten. Schicha rief den Rat der Jäger ein und am Abend setzten sich alle ans Feuer. Mussa befragte die Tiergeister indem er sich das Fell eines Rehs über den Kopf zog und sich mit dem Geist des Tieres und seinen eigenen Ahnen verband. Dazu schlug er mit einer Trommel einen immer schneller werdenden Takt. Nach einer Weile versank er in die geistige Welt und bekam die Antwort die alle Jäger von ihm erwarteten.

Vor ihm erschien aus dem Nebel der Höhlenwand die für ihn durchsichtig wurde ein Hirsch mit einem gewaltigen Geweih. Dieser Hirsch sagte zu Mussa "Gehe mit allen Jägern am Fluss entlang nach Norden bis du einen einzelnen großen Baum siehst, der an der Spitze abgebrochen ist. Dort wirst du reiche Beute machen können." mit dieser Nachricht erwachte Mussa aus der Trance und gab diese an die Jäger weiter. Sie bedankten sich beim Geist des Hirsches und wollten am nächsten Tag wie vorgesehen auf die Jagd gehen.

In der Nacht kam ein schwerer Schneesturm auf und die Wache am Feuer weckte Schicha. Dieser schaute aus der Höhle auf die weiße Wand von Schnee die sich vor dem Eingang bildete. "Ob wir da wohl morgen auf die Jagd gehen können?" fragte er Mussa, der nun hinter ihn getreten war. "Der Hirsch hat es so gesagt und so wird es gemacht." antwortete Mussa.

Kurz vor Sonnenaufgang legte sich der Sturm vor der Höhle. Alle Jäger machten sich bereit und Mussa dankte am Feuer noch einmal dem Hirsch für die Nachricht. Gemeinsam zogen alle Jäger los. "Wozu sollen wir mit fünfzehn Jägern aufbrechen?" fragte Schicha Mussa, doch der antwortete "Der Hirsch hat gesagt: Mit allen Jägern und wir müssen den Wunsch respektieren."

Mussa zog, wie der Hirsch es gesagt hatte, am Fluss entlang und es dauerte nicht lange bis er den Baum erkennen konnte. Die Jäger waren noch nie an dieser Stelle gewesen obwohl sie nur unweit der Höhle lag. Auch der Schnee war hier nicht so hoch wie sonst in der Umgebung. Am Baum angelangt verband sich Mussa noch einmal im Geiste mit dem Hirsch um zu fragen wie es weiter gehen sollte. Der Hirsch schickte ihm ein Bild in dem Mussa sah, wie ein Teil der Jäger links und ein Teil der Jäger rechts um die Lichtung gingen. Er selbst und Schicha sollten am Baum bleiben. Diese Information gab er an Schicha weiter, der die Jäger sofort anwies genau so vorzugehen.

Mit den Speeren in der Hand blieben die beiden am Baum stehen, Mussa links und Schicha rechts davon, mit dem Blick auf die Lichtung. Die beiden Jägergruppen gingen am Waldrand entlang um die Lichtung, aber nichts war zu sehen. Als die beiden Gruppen sich fast am anderen Ende der Lichtung begegneten sprangen vor ihnen zwei große Wildschweine aus einem Gebüsch und stürmten auf die Lichtung hinaus. Die Jäger wanden sich der Lichtung zu und liefen den Wildschweinen hinterher und trieben sie so direkt zu Schicha und Mussa auf der anderen Seite der Lichtung.

Mit gesenktem Speer warteten die beiden auf die Schweine die im vollen Lauf durch den Schnee stürmten. Kurz vor ihnen stoppten die Schweine und die beiden Jäger zögerten nicht mit dem Speer jeder ein Schwein zu erlegen. In diesem Moment trafen auch die anderen Jäger bei ihnen ein und zusammen beendeten sie die Jagd.

Sie legten die beiden Schweine nun nebeneinander und alle Jäger knieten sich davor hin. Mussa dankte dem Hirsch für die reichliche Beute und bedankte sich auch bei seinen Ahnen für die Verbindung. Schicha ließ zwei starke Äste aus dem Wald holen auf die sie die Schweine banden. Immer zwei Jäger nahmen eines der Schweine auf die Schulter und zusammen gingen alle wieder zurück in ihr Lager in der Höhle.

Als sie die Höhle wieder betreten hatten setzte draußen der Schneesturm wieder ein und alle waren froh, dass sie die schützende Höhle noch erreicht hatten. Die Frauen bewunderten die reiche Beute und gemeinsam wurden die Schweine zerlegt. Am Feuer bedankte sich Mussa noch einmal bei dem Hirsch aber auch bei den beiden Schweinen und ließ den Geist der Schweine in das Reich der Ahnen eingehen.

Am Abend gab es Schweinebraten für die ganze Gruppe und alle konnten sich richtig satt essen. Der Bratenduft durchzog die ganze Höhle und keiner wollte nun in den Sturm hinaus.

Am nächsten Morgen schien wieder die Sonne und der Sturm der letzten Nacht war vorüber. Mussa und Schicha wollten mit ein paar Jägern noch einmal zu der Stelle gehen an der sie am Vortag so viel Glück gehabt hatten. Sie schlugen denselben Weg ein wie am Tag zuvor doch so sehr sie auch suchten sie konnten weder den Baum noch die große Lichtung wiederfinden. Mussa befragte noch einmal den Hirsch und dieser erschien in seinem Geist und sagte zu ihm "Du brauchst nicht zu suchen. Ihr habt jetzt genug zu essen. Wenn ihr wieder etwas braucht, dann ruft mich und ich werde euch bei der Jagd helfen."

Über die Nachricht freute sich Mussa auf der einen Seite, auf der anderen Seite fragte er sich aber doch, wo sie den wirklich am Vortag gejagt hatten. Waren sie in der Welt der Ahnen gewesen? Die Schweine waren jedenfalls real gewesen und sie hatten auch gut geschmeckt. Er informierte Schicha über die Botschaft des Hirsches und zusammen brachen sie die Suche ab und gingen dankbar für die Hilfe zurück in ihre Höhle.

Am Abend dieses Tages zeichnete Mussa mit einer Kohle das Bild des Hirsches auf die Höhlenwand. Alle Jäger kamen dazu und bedankten sich noch einmal für das Jagdglück. An dieser Stelle würden sie nun immer den Hirsch um seine Hilfe bitten und Mussa würde ihre Bitte an den Hirsch und die Ahnen weitergeben. Neben den Hirsch zeichnete er das Bild der beiden Schweine und bedankte sich auch bei ihnen für ihr Opfer das den Jägern und ihren Familien das überleben in diesem Winter gesichert hatte.

8. Kapitel
Der lange Weg

Der Winter war vorüber. In diesem Jahr würden beide Gruppen nicht mehr getrennt sondern gemeinsam leben und jagen. Das wollten sie an der Stelle machen die sie im Winter am Fluss gefunden hatten, als sie mit dem Boot unterwegs waren. Sie packten alle ihre Sachen zusammen, nahmen die Zelte im hinteren Teil der Höhle auf, wo sie diese im Herbst hingelegt hatten, und verschlossen die Höhle sorgfältig wieder, damit niemand ihr Winterquartier benutzen konnte.

Sie zogen mit allen Sachen den Fluss entlang, nur zu Fuß war der Weg sehr viel weiter, als sie es mit dem Boot damals empfunden hatten. Am Flussufer war es ab und zu sehr unwegsam, aber sie wollten nicht im Landesinneren gehen. Da würden sie den Fluss nicht mehr sehen und vielleicht die Richtung verlieren.

Nach zwei Wochen waren sie erst an der Stromschnelle, die sie im Boot schon am vierten Tag erreicht hatten und Schicha dachte sich, ob es wohl die richtige Entscheidung gewesen war so einen weiten Weg auf sich zu nehmen. Zum Glück konnten sie täglich etwas Wild in den Wäldern am Fluss jagen, so dass sie keinen Hunger hatten.

An der Stromschnelle zeigte Siga seiner Mutter auch die Stelle an der sie nachts beinahe vom Luchs überrascht worden wären. Mara erschrak immer noch bei dem Gedanken und strich ihrem Sohn über den Kopf, den dieser, ganz der erfahrene Jäger, schnell mit einem missmutigen Gesichtsausdruck wegzog. Er war doch nun schon fast erwachsen.

Vielleicht wären sie alle mit Booten schneller gewesen, dachte sich Schicha, doch dann hätten sie die Zelte zurücklassen müssen. So wie es nun war, so sollte es sein. Am nächsten Morgen zog man weiter den Fluss entlang, der nun schon so lange ihr treuer Begleiter war. In ihm konnte man auch leckere Fische fangen und das zeigte Schicha seinem Sohn ab und zu. An seiner Seite stand dann immer auch der Wolf und wartete auf die kleineren Fische die Schicha nicht mit zum Essen in die Gruppe geben wollte.

Nach einem Monat hatten sie die Stelle erreicht, an der sie damals das Boot in der Nacht versteckt hatten. Hier würden sie lagern und erst mal erkunden, ob die anderen Menschen noch oder schon wieder hier waren. Sie machten in der Nacht nur ein sehr kleines Feuer, um sich durch den Feuerschein nicht zu verraten und gekocht wurde auch nichts, sondern nur Trockenfleisch gegessen.

Nach Sonnenaufgang machten sich Gumba und Schicha auf den Weg zum Lager der anderen Gruppe. Sie gingen sehr vorsichtig und am Ende schlichen sie beide durch das Unterholz eines kleinen Wäldchens. Neben Schicha schlich auch der Wolf, auf dem Bauch rutschend, durch das Unterholz. Als sie den Waldrand erreicht hatten sahen sie die ihnen schon bekannte Lichtung vor sich und darauf standen vier Zelte. Aus dem Unterholz heraus konnten sie zwölf Menschen zählen die vollkommen ungestört auf der Lichtung zwischen den Zelten hin und her liefen. Die beiden waren also noch nicht bemerkt worden.

Die Gruppe war offensichtlich friedlich und die beiden Jäger kamen ohne ein Wort, nur mit einem Blick, zu der Entscheidung mit der Gruppe Verbindung aufzunehmen. Sie richteten sich im Unterholz auf und traten auf die Lichtung hinaus. Eine Frau aus der Gruppe bemerkte die beiden fremden Jäger sofort und alarmierte die Männer ihrer Gruppe. Die drei gingen auf die beiden Jäger zu.

Mit einem Handschlag begrüßten sich die fünf Männer. Man war sich sofort gegenseitig sympathisch gewesen. Schicha und Gumba wurden in das Lager ans Feuer gebeten. Dort besprachen sie das weitere Vorgehen. Die Gruppen würden den Sommer zusammen auf diesem Lagerplatz verbringen. Er war ja groß genug für sie alle und Wild gab es im Überfluss in der Umgebung.

Gumba ging zurück zur Gruppe am Fluss, während Schicha sich schon die Plätze für die Zelte ihrer Gruppe aussuchte. Es war mehr als genug Platz für alle hier. Es gab frisches Wasser und in einem kleinen Wäldchen gab es auch Beeren und Wurzeln. Das hatte er beim Heranschleichen gesehen. Der Wolf blieb die ganze Zeit dicht an seiner Seite. Schicha setzte sich dann mit dem Anführer der anderen Gruppe ans Feuer und wartete auf die Seinen.

Am Fluss war schon alles verschnürt und bereit als Gumba eintraf. Schnell wurden alle Sachen aufgenommen und die Zelte geschultert. Ein paar von Siga gerade eben gefangenen Fischen wurden auch mitgenommen und würden zum Abend im Topf der immer größer werdenden Gruppe landen. Langsam zog die Gruppe das letzte Stück bis zu ihrem neuen Sommerlager. Schicha nahm sie dort in Empfang und teilte zusammen mit Gumba die Plätze zu. Bereits am Abend standen zehn weitere Zelte auf dem Lagerplatz und alle saßen zusammen um das große Feuer in der Mitte des Platzes. Man freundete sich an, tauschte Erfahrungen und Tipps aus.

In einem großen Topf wurden Wurzeln, Sigas Fische und ein paar Beeren aus dem letzten Jahr gekocht. Alle ließen sich das Mahl schmecken. Nach den Anstrengungen der letzten Tage waren alle froh, dass endlich die Zelte wieder standen und dass sie vor Herbst nicht mehr von hier weg mussten. Schnell gingen alle in die Zelte als der Topf leer war.

Als am nächsten Morgen die aufgehende Sonne alles in ein herrlich warmes Licht tauchte konnten die Neuankömmlinge sehen, was für ein schöner Platz dies war. So wie Schicha es erzählt hatte gab es alles im Überfluss in der Umgebung. Zusammen zogen die Jäger in den nächsten Tagen in die Umgebung und auf die Jagd, die Frauen sammelten essbare Wurzeln und Gräser im nahen Wäldchen sowie auf einer Lichtung. Einige der Wurzeln waren Mara unbekannt aber eine Frau aus der anderen Gruppe zeigte ihr, welche gut waren und welche lieber nicht gegessen werden sollten. Die beiden Gruppen näherten sich nun genauso an wie die beiden anderen Gruppen es den langen Winter über in ihrem Lager gemacht hatten.

Sie würden einfach zusammen bleiben und eine richtig große Gruppe bilden schlug Schicha den beiden anderen Anführern vor und auch die Gruppenmitglieder waren einverstanden mit dieser Entscheidung. Schicha sollte der Anführer der gesamten Gruppe werden die nun etwa vierzig Menschen umfasste.

9. Kapitel
Schneller als ein Speer

Es war mitten im Sommer und das nun etwas größere Lager hatte immer Glück mit der Jagd gehabt. Sie waren nun siebzehn Jäger und konnten auch zusammen viel Wild erlegen. Auerochsen, Hirsch, Rehe und Schweine gab es in der Gegend in so großer Menge das sie jedes Mal von der Jagd mit reicher Beute zurück kehrten. Auch der Weg zur Beute war nicht weit, da die Tiere in den großen Lichtungen in der Nähe des Lagers und am Fluss lebten.

Die Wälder in der Umgebung waren dicht und mit viel Unterholz, so dass die meisten Tiere auf den jeweiligen Lichtungen lebten, die durch Schneisen miteinander verbunden waren. Kleinere Büsche sorgten für die Deckung der Jäger und so konnten sie sich gut an die Auerochsen heranschleichen.

Bei einer dieser Jagden fiel Schicha in einer dieser Waldschneise, die zu einer besonders großen Lichtung führte, eine Spur auf, die er noch nie zuvor gesehen hatte. Die Fährte war ähnlich der eines Hirsches nur sehr viel größer. Es könnten so etwa fünf Tiere gewesen sein die hier auf dieser Fläche gegrast hatten. Der Spur wollte er unbedingt nachgehen, um heraus zu finden welches Tier das war. Er schickte einen seiner Begleiter zurück ins Lager damit er alle zur Verfolgung bei sich haben würde.

Zusammen folgten die Jäger vorsichtig der Spur der fünf großen Tiere. Wo waren die nur? Auf einer großen Lichtung sah er plötzlich die Tiere, die er noch nie gesehen hatte. Sie waren größer als Hirsche hatten aber kein Geweih sondern eine Mähne. Sie hatten einen langen

Schwanz und waren Hellbraun sowie in der Höhe etwas größer als Schicha. Sie waren sehr schnell wenn sie auf der Lichtung hin und her liefen und sich gegenseitig jagten.

Schicha fragte Mussa, was sie mit diesen Tieren machen sollten. Erlegen und essen? Mussa antwortete "Wir müssen sie einfangen. Sie können uns sehr nützlich sein." "Wie können wir sie fangen? Sie sind so schnell. Schneller als ein Speer, ja sogar schneller als ein Pfeil." antwortete Schicha. Mussa verband sich im Geist mit dem Anführer der Tiergruppe. Er erhielt von ihm die Information, dass er ihn mit einem Seil fangen könnte.

Die Jäger zogen sich unbemerkt zurück in den Wald und besorgten im Lager ein langes Seil an dessen Ende Mussa eine Schlinge machte. In der Deckung der Büsche schlich sich Mussa an das größte der Tiere heran. So wie er es gesehen hatte versuchte er das Leittier zu fangen, indem er das Seil um den Kopf des Tieres warf. Das Tier bäumte sich auf, doch dadurch zog sich die Schlinge am Seil nur weiter zusammen.

Die anderen vier Tiere warteten im Abstand und schauten was passieren würde. Mussa trat an das Tier heran und im selben Moment beruhigte es sich. Er legte seine Hand auf die lange Nase des Tieres und so standen die beiden in Gedanken versunken eine ganze Weile da. Beide schauten sich tief in die Augen und die Ohren des Tieres spielten mit dem Wind. Die anderen vier Tiere umringten die beiden und die Jäger schauten aus der Ferne zu was passieren würde. Mussa nahm nun seine Hand herunter und das Tier nickte leicht mit dem Kopf. Mit einem Sprung war Mussa auf dem Rücken des Tieres und wie der Wind stürmten die beiden von der Lichtung.

Das Tier war so schnell, das Staub und Gras hinter ihm aufflogen und Mussa hielt sich an dem Seil um den Hals des Tieres fest. Zusammen sausten sie an den verblüfften Jägern vorbei von der Lichtung in Richtung des Lagers. Für die Strecke welche die Jäger zuvor in einer halben Stunde zurückgelegt hatten braucht Mussa nur einen Augenblick. Am Lager angekommen wendete das Tier und stürmte zurück auf die Lichtung. Vor der Gruppe der Jäger stoppte Mussa das Tier und stieg langsam ab. Die anderen vier Tiere kamen nun auch zu der Gruppe und stellten sich dazu.

"Mit diesen Tieren können wir sehr schnell sein. Sie können uns bei der Jagd helfen, den sie sind schneller als die Auerochsen." sagte Mussa. Schicha legte einem der Tiere die Hand auf den Hals und versuchte ebenfalls, so wie er es bei Mussa gesehen hatte, auf den Rücken des Tieres zu kommen, doch dieses zuckte zurück. Mussa sagte "Es muss erst Vertrauen zu dir fassen dann kannst du auf seinem Rücken sitzen."

Sie führten die fünf Tiere in ihr Lager und ließen sie auf der Lichtung neben dem Lager grasen. Jeden Tag gingen die Männer zu den Tieren. Sie redeten mit ihnen fütterten sie mit leckeren Wurzeln und langsam fassten die Tiere Vertrauen in die Menschen. Nach einer ganzen Weile konnten die Männer auch schon mal auf ihnen sitzen und mit ihnen um die Lichtung reiten. "Wie sollen wir mit ihnen jagen?" fragte Schicha eines Tages Mussa und dieser verband sich wieder mit dem Leittier indem er die Hand auf seinen Kopf legte. "Ihr könnt mit ihnen an die Auerochsen heran reiten und dann mit Pfeil und Bogen auf die Auerochsen schießen. Die Tiere sind viel schneller als die Auerochsen und ihr könnt mit ihnen schnell wieder aus dem Bereich der gefährlichen Hörner heraus." sagte Mussa nach eine Weile und das Tier nickte mit dem Kopf, so als wollte es dazu sagen "Ja machen wir."

Bereits am nächsten Tag wollten fünf Jäger mit den fünf Tieren diese Jagdvariante probieren. Die Tiere ließen die Männer auf ihren Rücken und schon ging es los. Am Rande einer Lichtung sah Schicha eine Gruppe von Auerochsen stehen. Die fünf Jäger sprachen ab welches Tier davon sie jagen wollten und schon stürmten sie los. Sie stoppten kurz, schossen die Pfeile ab und schon ging es geschwind zurück zum Waldrand. Nun mussten sie nur warten bis der Auerochse durch die Pfeile so geschwächt war das er umfiel.

Die fünf Jäger warteten mit den Tieren am Waldrand was passieren würde und es funktionierte. Nicht lange danach fiel der Auerochse um. Der Rest der Herde zog weiter und nun konnten die fünf an das Tier heran gehen. Mit langen Stricken banden sie den Auerochsen fest und zogen ihn mit vereinten Kräften der fünf Tiere von der Lichtung zum Lager. Dort angekommen wurden alle für den schnellen Erfolg gelobt und auch die Tiere bekamen einen besonderen Leckerbissen.

"Wenn die Tiere den schweren Auerochsen ziehen konnten dann können die im Herbst auch unsere Zelte ziehen." sagte Schicha und Mussa nickte dazu. "So werden wir das ab diese Jahr machen." sagte er.

10. Kapitel
Auf der Spur des Hasen

Der Sommer in der Ebene ging zu Ende, das Laub an den kleinen Bäumen um die Lichtung herum begann sich bunt zu verfärben. Die Tiere auf den Lichtungen der Umgebung begannen langsam wegzuziehen. Nur noch kleine Gruppen von Auerochsen waren da und die reichten nicht für die Versorgung der jetzt viel größeren Gruppe. Am Feuer beschloss man nun wieder aufzubrechen um wieder in das Winterlager zu ziehen.

Schicha überlegte wie er die fünf Tiere mit in den Transport einbeziehen konnte. Beim Reiten und Tragen war die Last begrenzt. Es konnte immer nur entweder ein Mensch reiten, oder das Tier konnte nur das Gewicht eines Menschen auf seinem Rücken tragen. Das war aber nicht genug für sie. Der Weg sollte schneller gehen und das funktionierte nur, wenn das Gewicht nicht mehr auf den Schultern der Menschen lag. Als sie den Auerochsen damals gezogen hatten war Schicha die Idee gekommen, die Last hinter den Tieren her zu ziehen.

Für die Menschen war es üblich die Zelte hinter sich her zu schleifen und nun überlegte er wie das mit den Tieren funktionieren könnte. Er verband drei Äste so dass ein Dreieck mit zwei langen und einer kurzen Seite entstand den oberen Teil zog er den Tieren über den Kopf und machte es fest und die beiden hinteren Enden schliffen über dem Boden. Über das hintere lange Ende band er ein Astgeflecht auf das die Last gepackt werden konnte. Er versuchte es mit einem der Tiere und es konnte eine ganz schöne Menge an Gewicht ziehen, ohne dass es sich zu sehr anstrengte. Die Last entsprach in etwa dem was fünf Jäger tragen konnten.

Nun baute er weitere vier dieser Gestelle und legte sie den Tieren um. Das ganze Lager, alle Zelte und fast die gesamte Ausrüstung, konnte auf die Tiere verladen werden und so mussten die Menschen nicht so viel tragen. Die fünf Tiere trugen die Hälfte der Ausrüstung und die Menschen wurden dadurch entlastet. Auf dem Marsch kamen sie nun dadurch doppelt so schnell vorwärts und waren schon in einem halben Monat bei der Höhle angelangt. Schicha machte den Eingang etwas breiter und Mussa musste erst die Tiere beruhigen damit sie in die dunkle Höhle gingen. Nach einem kurzen gedanklichen Austausch zwischen Mussa und dem Leittier gingen alle fünf Tiere in die Höhle hinein.

Im hinteren Teil der Höhle bekamen die Tiere nun ihr Lager eingerichtet. Trockenes Gras wurde dorthin gelegt damit sich die Tiere weich legen konnten. Als Nahrung für den Winter für die Tiere wurde ebenfalls Gras in die Höhle gebracht und im mittleren Bereich gelegt. Vorräte und alles andere wurden wie jedes Jahr in die Höhle gestapelt. Zum Glück war die Höhle sehr groß, so dass sich die vierzig Menschen, die fünf Tiere und die Vorräte für den ganzen Winter gut darin unterbringen ließen. So lange noch kein Schnee lag konnten die Tiere jeden Tag auf die Lichtung neben der Höhle und nachts waren sie drin. Die Jäger erkundeten auch die weitere Umgebung mit ihnen.

Als der erste Schnee gefallen war machten sich die Jäger zu Fuß auf den Weg. Eine Gruppe war jeden Tag unterwegs die anderen beiden Jägergruppen waren bei und in der Höhle beschäftigt. Schicha nutzte die sich bietende Gelegenheit, wenn seine Gruppe im Lager beschäftigt war, um Siga weiter alles beizubringen was dieser als Jäger bald brauchen würde. Spuren lesen hatte sie ja schon oft geübt doch nun sollte Siga auch jagen dürfen, wenn auch nur unter Aufsicht durch seinen Vater. Alleine würde er erst jagen wenn er in die Gruppe der Jäger aufgenomen war.

Es war schon mitten im Winter und nach Sonnenaufgang traten die beiden wieder vor die Höhle. Der Schnee lag schwer auf den Ästen der Bäume in der Nähe und beiderseits des Abhanges. Es hatte die ganze Nacht geschneit und eine dicke Schicht Schnee lag direkt vor dem Eingang. Schicha verabschiedete sich bei dem Posten am Höhleneingang, sagte ihm in welche Richtung sie ziehen werden und sie gingen los. Siga sollte heute lernen sich im Schnee zu bewegen. Dazu hatte Schicha aus Zweigen etwas zusammengebunden was sie sich unter die Füße banden damit sie nicht so tief in den Schnee einsanken. Nach anfänglichen Schwierigkeiten konnte Siga ganz gut durch den Schnee laufen. Er stolperte zwar ab und zu noch, aber Schicha war mit dem Ergebnis und der Geschicklichkeit seines Sohnes sehr zufrieden. Sie liefen einmal um den ganzen Berg und brauchten dazu gar nicht so lange wie Siga befürchtet hatte.

Es war wie ein Winterspaziergang im Schnee. Sie nutzten den Speer um sich aufzustützen und das Geflecht unter den Füßen funktionierte sehr gut. Als sie wieder in der Höhle waren zeigte Schicha seinem Sohn wie man dieses Geflecht selbst herstellen konnte. Mussa beobachtete die beiden und gab seinerseits Tipps dazu. Er war der älteste und erfahrenste aller Jäger und er hatte damals schon Schicha alles beigebracht, was dieser nun an seinen Sohn weitergab. Da Schichas Vater einst bei einer Jagd umgekommen war, war Mussa wie ein Ersatzvater für ihn gewesen.

An einem weiteren dieser Tage gingen Vater und Sohn eine kleine Schlucht unweit der Höhle entlang, als Schicha die Spur eines Hasen im Schnee fand. Den wollten sie nun verfolgen und wenn möglich fangen oder erlegen. Schicha ließ seinen Sohn vorgehen damit er sehen konnte, was der schon alles konnte. Sie folgten der Spur und dann sahen sie den Hasen am Rande der Schlucht sitzen. Schicha fragte seinen Sohn leise "Wie sollen wir ihn fangen?"

Siga griff zu Pfeil und Bogen. Schicha nickte zustimmend. Siga legte an, zielte sorgfältig und schoss. Leider daneben. Der Pfeil zischte unmittelbar vor der Nase des Hasen vorbei der sofort im Zickzack die Schlucht hinunter sprang. "Leider vorbei" sagte Schicha "da üben wir noch etwas." Er steckte ein Stück Fell auf den Platz an dem der Hase vorhin noch saß und ließ den Jungen üben. Bereits der zweite Pfeil traf das Ziel. "Siehst du. Das nächste Mal triffst du mit dem ersten Pfeil. Du musst nur fleißig üben." sagte Schicha und dann machten sie sich wieder auf den Rückweg zur Höhle.

11. Kapitel

Ein Unfall mit Folgen

Schicha und Siga waren nun fast täglich zum üben im Wald. Gumba führte die Jäger und Mussa blieb meist in der Höhle. Er war schon sehr alt geworden. An diesem Tag wollten der Vater mit dem Sohn im Wald Speerwerfen üben. Nach Sonnenaufgang machten sie sich, wie immer, auf in den Wald. Sie gingen diesmal etwas weiter in den Wald als sonst und suchten sich eine große, freie Lichtung zum üben aus. Aus drei zusammengebundenen Ästen, die er aufstellte, machte Schicha das Ziel für die Übung.

Er erklärte Siga wie man der Speer warf und wie die Speerschleuder funktionierte, damit man noch weiter werfen konnte. Abwechselnd warfen sie die Speere und holten sie dann wieder zurück. Am Anfang verfehlte Siga das Ziel noch, aber je mehr er übte umso besser war das Ergebnis. Immer näher kam er dem Ziel bis nach einiger Zeit jeder seiner Speere das Ziel traf. Anerkennend klopfte Schicha seinem Sohn auf die Schulter und ging wieder zum Ziel um die Speere zurückzuholen, als plötzlich aus dem nahen Wald ein Wildschwein auf ihn zustürzte. Er war genau auf der Hälfte des Weges zwischen Siga und dem Ziel. Siga hatte noch einen Speer und die anderen steckten im Ziel, was sollte er tun?

Als das Schwein nahe genug war sprang Schicha zur Seite. Das Schwein rannte unmittelbar vor ihm durch und drehte dann im Schnee. Im tiefen Schnee konnte sich die beiden nicht richtig bewegen und so wurde das Ausweichen und drehen erschwert. Siga, am anderen Ende der Lichtung, musste nun mit ansehen wie das Schwein auf seinen Vater zulief. Was sollte er tun? Den Speer hatte er noch in der Hand und das Schwein war nur halb so weit von ihm weg wie das Ziel. Sollte er werfen?

Schicha versuchte immer noch dem Schwein auszuweichen rutschte aber durch den hohen Schnee aus. In diesem Moment streifte das Schwein mit dem Hauer sein Bein und er knickte nach hinten um. Nach ein paar Metern stoppte das Wildschwein und drehte wieder um. Schicha versuchte aufzustehen aber es gelang ihm nicht. Das Schwein stand nicht weit von ihm entfernt und beide schauten sich in die Augen. Unmittelbar als es wieder losstürmen wollte quiekte es kurz auf und fiel zu Boden. Ein Speer steckte in seiner Seite. Siga hatte gezielt und den Augenblick des Verharrens genutzt, um einen sicheren Wurf anzubringen. Einen zweiten Versuch hätte er nicht gehabt.

Schnell lief er zu Schicha hinüber. Sein Vater blutete stark aus der Wunde, die der Hauer gerissen hatte. Mit einem Streifen Fell versuchte er die Blutung zu stoppen, was ihm dann nach zwei Verbänden auch gelang. Dann ging er zu dem Schwein hinüber. Der Speer hatte es so getroffen das es sofort tot gewesen war. Er zog den Speer heraus und brachte diesen zu Schicha dann holte er die anderen Speere vom Ziel und brachte auch die Äste mit, die bis jetzt als Ziel gedient hatten.

Aus diesen Ästen baute er nun eine Trage, so wie die welche sie für die Tiere gebaut hatten. Darauf legte er nun Schicha und zog auch noch das Schwein mit darauf. Schicha hielt die Speere und das Schwein fest und Siga zog seine Last durch den Schnee in Richtung des Höhleneingangs. Der Posten am Eingang sah die beiden kommen und wusste, dass da etwas nicht stimmte. Er schickte zwei Jäger zur Hilfe entgegen, die Siga die Schleppe abnahmen.

In der Höhle machte sich Mara und Mussa daran die Wunde zu versorgen. Alle Jäger lobten Siga für seine Hilfe und natürlich auch für das Schwein, das er erlegt hatte. Zusätzlich zu der Wunde des Schweines hatte sich Schicha auch noch beim umknicken das Bein gebrochen. Für den Rest des Winters würde er die Höhle nicht mehr verlassen können. Mussa lobte Siga für den Wundverband und sagte zu ihm "Ich denke wir können dich im nächsten Jahr in die Gruppe der Jäger aufnehmen. Durch deine Tat am heutigen Tag hast du bewiesen, dass du bereit bist." Siga freute sich über das Lob und auch darüber bald ein Jäger zu sein.

Mara strich ihrem Sohn daraufhin über den Kopf und danke ihm ebenfalls, das er das Leben seines Vaters gerettet hatte. Das Lob nahm Siga gern an, aber das streichen über den Kopf missfiel ihm. Hatte Mussa nicht gerade noch gesagt er ist bald ein Jäger? Und nun das hier. Er würde noch einmal mit seiner Mutter reden müssen.

Da Schicha nun als Lehrer für Siga ausfiel übernahm Gumba die weitere Ausbildung. Für Mussa war dieser Unfall eine gute Gelegenheit Schicha alles beizubringen, was man als Schamane in der Gruppe so wissen musste. Er war schließlich schon so alt das sein Haar begann grau zu werden und dieselbe Farbe annahm wie das Fell von Schichas Wolf. In nicht allzu ferner Zeit würde Schicha der Schamane der Gruppe sein müssen und dazu musste er nun noch einiges lernen.

Als erstes befragten sie die Ahnen und die Geisttiere was diese davon hielten. Sie setzten sich mit der Trommel in einen hinteren Bereich der Höhle in unmittelbarer Nähe der Tiere. Diese standen dabei und schauten zu. Das Leittier legte Schicha den Kopf auf die Schulter und dann fing Mussa an die Trommel zu schlagen. Gemeinsam versanken sie in Trance. Ein großer, hell leuchtender Bär trat aus dem Dunkel der Höhle auf die beiden zu. Keines der Tiere reagiert also konnte der Bär nicht wirklich da sein.

Mussa sprach den Bären an und dieser antwortete indem er zu den beiden sagte "Schicha ich bin der Geist deiner Ahnen. Ich bin der Führer des Clans der Bären. Mit Mussa bin ich schon lange verbunden, doch nun werde ich auch dir helfen. Wenn immer du Hilfe brauchst so rufe mich und ich werde dir erscheinen." mit diesen Worten löste sich der Bär in weißen Licht und feinem Nebel auf.

Mussa sagte zu Schicha "Die Ahnen haben zugestimmt, dass du der Schamane wirst. Ich werde dir nun alles beibringen was ich weiß und kann." In den nächsten Tagen zeigte Mussa ihm welche Kräuter besonders wichtig sind, wie man mit den Ahnen Verbindung aufnimmt, bei jeder Frage Schichas tauchte auch der Bär sofort auf und gab die gewünschte Antwort.

Durch den Unfall bei der Jagd hatte Schicha nun genug Zeit alles zu lernen und auch Siga lernte bei Gumba noch einiges dazu.

12. Kapitel

Verehrung für den Bären

Auch in diesem Jahr neigte sich der Winter langsam seinen Ende zu. Die Tage wurden wieder länger und es hatte schon seit zwei Wochen nicht mehr geschneit. Die Sonne fing schon langsam an den Schnee vor dem Eingang zu tauen. Der kleine Bach neben der Höhle wurde immer breiter und im Fluss unten in der Schlucht war die Strömung schon so reißend das das Donnern des Wassers an den Wänden der Schlucht bis zur Höhle hinauf zu hören war. In diesem Jahr wollten sie nun Siga in den Kreis der Jäger aufnehmen und damit dies auch wirklich geschehen konnte mussten dazu die Ahnen und das Krafttier des Clans befragt werden.

Da Schicha immer noch verletzt war konnte nur Mussa die Zeremonie vorbereiten. Den vorbereitenden Teil in der Höhle machte er gemeinsam mit Schicha zusammen. Sie setzten sich in den mittleren Teil der Höhle und Mussa zeichnete das Bild eines Bären auf die Höhlenwand. Beide versetzten sich danach in Trance und verbanden sich mit dem Bären, der auch wirklich als Krafttier in das Bärenbild hineinging und durch dieses in die Höhle trat. Er war wieder hell strahlend wie beim letzten Mal und sein Leuchten verwandelte die ganze Höhle.

Die beiden Schamanen befragten den Bären was sie tun könnten damit Siga in den Kreis der Jäger aufgenommen werden konnte und der Bär zeigte das Bild eines Berges mit einer Höhle. Er sagte "Geht dorthin. Ihr findet in der Höhle einen schlafenden Bären. Bringt ihm ein Reh als Opfer und ich werde in seiner Gestalt das Opfer annehmen und euer Anliegen aufnehmen. Danach könnt ihr Siga in den Kreis der Jäger aufnehmen." Mit diesen Worten löste sich der Bär wieder in leuchtenden Nebel auf. Mussa und Schicha kehren aus ihrer

Trance Reise zurück in die Höhle. Sie gingen zu Siga und verkündeten den Spruch der Ahnen.

Zusammen mit Gumba zog Siga los um das Reh für den Bären zu erlegen. Mit Pfeil und Bogen sollten sie es erlegen können. Siga würde es jagen und Gumba würde zur Sicherheit dabei sein falls der Pfeil nicht richtig traf. Unweit der Schlucht trafen die beiden auf eine einzelne Rehspur der sie in den Wald folgten. Am Rande einer Lichtung angekommen sahen sie das Reh in einiger Entfernung grasen. Siga legte den Pfeil an und auch Gumba spannte den Bogen falls Siga das Reh nicht richtig treffen würde.

Mit einem leisen surren flog der Pfeil los und traf das Reh hinter dem Vorderbein, so wie Gumba es immer wieder gesagt hatte. Das Reh machte einen Satz nach vorn und brach zusammen. Gumba nahm den Pfeil vom Bogen und lobte seinen Schüler für den guten Schuss. Zusammen gingen sie zu dem Reh und bedankten sich bei ihm und entschuldigten sich dafür, dass sie es getötet hatten. Gumba erzählte dem Reh wofür sie es gejagt hatten, dann zog Siga den Pfeil aus der Seite des Rehs, nahm es auf die Schultern und trug es alleine zur Höhle. Gumba ging mit den beiden Bögen hinterher.

In der Höhle angekommen bereitete Mussa das Tier vor, damit es als Opfertier für den Bären von diesem nicht abgelehnt werden konnte. Er legte seine Hände auf das Reh und vereinigte seinen Geist mit dem Geist des Rehs. Dann weihte er es für den Bären, indem er einen Zweig von dem Tannenbaum vor der Höhle in das Maul des Rehs legte. Am nächsten Morgen wollte er mit Siga und Gumba zu der Höhle ziehen, die er vom Bären in der Vision gezeigt bekommen hatte.

Unmittelbar nach Sonnenaufgang machten sich die drei auf den Weg. Diesmal trug Gumba das Reh, erst auf der letzten Strecke sollte Siga das Reh dann übernehmen, so hatten sie es festgelegt. Am Ausgang der Höhle verabschiedeten Mara und der sich auf sie stützende Schicha ihren Sohn. Mara konnte es sich auch diesmal nicht verkneifen ihrem Jungen über den Kopf zu streichen

Die drei kamen gut voran, Gumba war stark und trug das Reh. Mussa kannte den Weg und ging voran und Siga lief zwischen den beiden erfahrenen Jägern. Sie gingen am Fluss entlang aufwärts auf einen großen Berg zu, der am Horizont zu sehen war. Gumba war schon einmal in der Nähe dieses Berges gewesen, als er mit seiner Gruppe einen Elch gejagt hatte. Eine Höhle hatte er aber dabei nicht gesehen. Er vertraute darauf, das Mussa wusste was er tat und der Bär sie richtig geleitet hatte. Am Fuße des Berges übergab er das Reh an Siga, der nun die letzte Strecke das Reh tragen sollte.

Ohne links und rechts zu sehen ging Mussa auf ein Gebüsch zu das an der Bergwand angelehnt war. Man konnte nichts sehen außer dem großen Busch der alles dahinter verdeckte. Als sie davor standen zogen Mussa und Gumba das Gebüsch zur Seite und dahinter wurde ein Eingang zu einer Höhle sichtbar. Gumba zündete eine Fackel an und Mussa nahm Verbindung mit dem schlafenden Bären auf. Er fragte ob sie die Höhle betreten durften und auf ein Zeichen des Bären gingen die drei hinein.

Gumba leuchtete mit der Fackel den Weg aus, unmittelbar hinter ihm lief Mussa durch die Höhle und Siga machte mit dem Reh auf der Schulter den Schluss der kleinen Gruppe. Nach einer Biegung in der Höhle standen die drei dann vor dem schlafenden Bären. Durch das Licht der Fackel aufgeweckt stellte sich der Bär brummend auf die Hinterbeine. Schlaftrunken wankte er hin und her. Mussa schlug einen Takt mit der Trommel, der ihn und den Bären gemeinsam in Trance versetzte. Der Bär setzte sich hin und schaute Mussa in die Augen.

Beider Geist verschmolz in diesem Augenblick. Mussa und der Bär waren eins. Die drei legten das Reh direkt vor den Bären und verneigten sich vor ihm. Der Bär verneigte sich ebenfalls und nahm das Reh an. Weiter auf den Bären achtend gingen die drei Jäger rückwärts aus der Höhle heraus. Am Ausgang zogen Gumba und Mussa das Gebüsch wieder vor den Eingang der Höhle und Mussa sagte zu Siga "Der Bär hat dein Opfer angenommen. Wir dürfen dich in diesem Jahr in die Gruppe der Jäger aufnehmen." Siga war froh und von der Last des Rehs befreit machten sich die drei wieder auf den Weg zu ihrem Winterlager in der Höhle, wo sie schon von Mara, Schicha und der ganzen Gruppe erwartet wurden.

13. Kapitel
Im Bauch der Erde

Noch bevor sie in ihr Sommerlager ziehen wollten würden sie Siga in den Kreis der Jäger aufnehmen. Er war jetzt 14 Sommer alt und hatte von seinem Vater, von Mussa und von Gumba alles gelernt, was er als Jäger in den nächsten Jahren brauchen würde. Die Gruppe der Jäger kam dazu am Feuer zusammen und besprach die Aufnahmezeremonie.

Da Schicha immer noch nicht so gut laufen konnte würde Mussa, quasi als Großvater, die Aufnahme von Siga leiten. Da es nachts nicht mehr so kalt war wurde als erstes festgelegt, dass Siga alleine auf einen Berg zu steigen hatte und dort auf den Geist der Ahnen oder auf sein Krafttier zu warten hatte. Erst wenn er dieses getroffen hatte durfte er wieder zurück in die Höhle. Weder essen noch trinken durfte er und nur einen Speer zur Verteidigung durfte er bei sich haben.

Er verabschiedete sich von der Gruppe und seinen Eltern und stieg den Weg hinauf, so wie Mussa es ihm gesagt hatte. Auf der Spitze des Berges angelangt setzte er sich hin und wartete auf das beschriebene Zeichen. Welches Tier würde sich ihm wohl zeigen? Er sah die Sonne fünfmal auf und untergehen bis sich ihm der Geist des Bären zeigte und zu ihm sagte "Steige hinab, du bist nun bereit." und Siga folgte dem Wunsch des Bären. Am Eingang der Höhle wartete Mussa auf ihn und führte ihn zu einer anderen Höhle am gegenüberliegenden Berghang.

Am Eingang der Höhle warteten zwei Jäger auf sie, denen Siga erst die Worte des Bären mitteilen musste, bevor sie die beiden passieren ließen. Zusammen stiegen sie die Höhle hinab. An allen Abzweigungen der Höhle hatten sich Jäger platziert, die in Tierverkleidungen für alle zu jagenden Tiere standen. Einer hatte ein Rehfell und Hörner auf, ein andere einen Wolfspelz und ein dritter hatte das Geweih eines Elches aufgesetzt. Im Dunkel musste Siga die Tiere erkennen und sie bitten ihm in seinem Leben immer zu verzeihen wenn er sie jagen würde. Dann berührte er das jeweilige Tier mit einem stumpfen Speer und der Jäger gab den Weg zum nächsten Tier frei.

Das fünfte Tier war ein Bär der aber nur von Mussa an die Wand gemalt war und von ihm mit einer Fackel beleuchtet wurde. Vor diesen Bären setzten sich nun beide und Mussa schlug solange auf seine Trommel bis sie beide in Trance fielen. Der gemalte Bär an der Höhlenwand wurde lebendig und legte Siga die Pfote auf die Schulter. Der Bär sagte zu ihm "Ich nehme dich in den Clan des Bären auf. Du bist nun ein Jäger und du weißt alles was du wissen musst. Eines nur noch, töte nur ein Tier wenn es dich angreift oder wenn du es als Beute brauchst um zu leben. Schone und achte die Natur und zerstöre sie nicht. Wann immer du Hilfe brauchst dann rufe mich." Mit diesen Worten löste sich der Bär wieder auf und die beiden schauten auf das gemalte Bild des Bären an der Höhlenwand. Siga und Mussa verbeugten sich vor dem Bären und setzten ihren Weg durch die Höhle fort. Vier weitere Tiere musste Siga nun noch erkennen und besänftigen. Sie alle waren auf die Höhlenwand gemalt. Adler, Schlange, Biber und Auerochse gaben ebenfalls den Weg zum Höhlenausgang frei.

Vor ihnen zeichnete sich nun das Licht der Sonne am Ende der Höhle ab. Alle Jäger standen vor der Höhle und sogar Schicha hatte sich zu der Höhle tragen lassen. Als Siga die Höhle verließ wurde er von allen Jägern als einer der Ihrigen begrüßt. Jeder Jäger legte ihm die Hand auf die Schulter und Schicha, als letzter in der Reihe, überreichte Siga einen Speer, der nun für immer seiner sein sollte.

Er war in die Höhle gegangen als Junge und war am anderen Ende Wiedergeboren als Jäger und Mann. Im Bauch der Erde war er zum Jäger gereift, so wie früher im Bauch seiner Mutter zum Menschen. So wie er damals seinen Löffel erhalten hatte als er sein erstes Essen in der Gruppe eingenommen hatte, und damit zu einem Mitglied der Gruppe wurde, so war er nun durch den Speer ein Mann und Jäger geworden.

Gemeinsam gingen alle wieder zurück in die Höhle, in der die Frauen schon warteten. Sie hatten ein Wildschwein gebraten, welches die Jäger am Tag zuvor erbeutet hatten. Mit diesem Braten war Siga nun auch von den Frauen als Jäger akzeptiert. Nur Mara musste sich daran noch gewöhnen, das ihr Junge nun ein Mann war.

Alle langten kräftig zu und erzählten Geschichten von der Jagd und Siga musste von seinen Erlebnissen auf dem Berg berichten. Von dem Bären und seinem Auftrag für Siga. Als das ganze Schwein verspeist war begaben sich alle bis auf die Wache zur Ruhe. Am nächsten Tag wollte man ins Sommerlager aufbrechen.

Sofort nach Sonnenaufgang wurde das ganze Lager zusammengepackt, aus der Höhle getragen, auf den Tragen der Lastentiere verstaut und dann wollten alle aufbrechen. Im Winter waren zwei Menschen und zwei Tiere neu zu der Gruppe hinzugekommen. Ihre Gruppe wurde immer größer. Als die Tiere nun endlich wieder im freien waren tollten sie ganz unbeschwert herum und die Menschen brauchten erst mal eine Weile um sie wieder zu beruhigen und in die Gerüste zum ziehen der Lasten zu bringen.

Vor der Höhle begann sich schon das erste Grün am Berghang zu zeigen. Der Zug setzte sich langsam in Bewegung, Schicha lag auf einem der Gerüste und lies sich ziehen da sein Bein sonst die Gruppe aufgehalten hätte. Nach dem Unfall konnte er zwar schon wieder gehen aber noch nicht so schnell wie es eben notwendig wäre. Nach dem Winter brauchte die Gruppe erst mal einen Tag um sich an das Marschtempo zu gewöhnen. Das lange Lagern im Winter hatte sie etwas langsamer werden lassen und das obwohl die Jäger fast jeden Tag im Wald unterwegs waren. Der Marsch mit der Last war aber etwas anderes als die Jagd ohne Gepäck.

Am Rande des Weges begannen sich an den Sträuchern und Bäumen die ersten Knospen zu zeigen. Als nach zwei Wochen das Sommerlager auf der Lichtung erreicht war blühten schon die ersten Blumen und die Lichtung war vollkommen mit Gras bedeckt, was besonders die Tiere freute, die sich sofort auf das Gras stürzten. Von der Last befreit konnten sie nun, genauso wie die Menschen der Gruppe, unbeschwert den Frühling genießen.

14. Kapitel

In der Höhle der großen Katze

Eines Morgens, als Siga zu den Tieren ging, fehlte auf der Lichtung neben dem Lager eines von den beiden jungen Tieren. Die anderen Tiere waren alle unruhig und liefen aufgeregt hin und her. Nach einer Weile fand Mussa an einer Stelle viel Blut. Welches Raubtier konnte das gewesen sein, das sich so nahe an die Menschen heranschlich und es mit fünf erwachsenen Tieren aufnahm? Dieses Tier mussten sie erlegen, bevor es wieder zuschlagen würde. Es war zu gefährlich, es in der Nähe des Lagers am Leben zu lassen.

Die Jäger nahmen mit dem Wolf an der Stelle, an welcher das Blut gefunden wurde, die Spur auf. Der Wolf lief eine Schneise entlang und blieb dann an einem Baum stehen, der am Waldrand aus der Kante es Waldes herausragte. Als die Jäger am Baum nach oben schauten sahen sie weit oben das tote junge Tier hängen. Höher als zwei Mann hoch über einem Ast hing es dort, halb aufgefressen. Welches Tier konnte das gewesen sein? Gumba kannte kein Tier, was diese Kraft und Gewandtheit gehabt hätte, mit der Beute auf einen Baum zu klettern welche fast so viel wog wie ein Mensch.

Der Wolf folgte weiter einer Spur, die er unten am Baum aufgenommen hatte. Entlang von ein paar weiteren Schneisen zog er mit den Jägern immer tiefer in den Wald hinein. Nach mehreren Stunden standen alle vor einer Schlucht, an deren anderem Ende eine große, dunkle Höhle lag. Dort drin witterte der Wolf das fremde, gefährliche Tier. Er war aber zu ängstlich um weiter zu gehen. Er zog den Schwanz ein und winselte nur noch kläglich.

Ein Jäger blieb mit dem Wolf zurück und die anderen, angeführt von Gumba, gingen vorsichtig weiter durch die Schlucht zu der Höhle. Gumba brannte ein paar Fackeln an die er schnell im Wald hergestellt hatte. Eine davon gab er Siga, eine nahm er selber und ein paar verteilte er an die anderen Jäger.

Gemeinsam gingen sie in die Höhle hinein und sicherten sich selber nach allen Seiten ab. Vorsichtig bewegten sie sich weiter vorwärts die Speere immer vor sich haltend. Nur nicht von dem starken und gefährlichen Tier überraschen lassen.

Immer tiefer gingen sie in die Höhle hinein, die bald darauf wie ein großer Raum wurde. Größer als ihre Winterhöhle, viel größer. Nun mussten sich die Jäger aufteilen. Gumba, Siga und ein paar andere Jäger bildeten eine und die anderen Jäger bildeten zwei weitere Gruppen. Sie verteilten sich in der Höhle und suchten weiter. Durch einen Schlitz in der Decke der Höhle fiel etwas Licht herunter, aber es war zu wenig um gut sehen zu können. Es war mehr so eine Art von Dämmerlicht.

In der Höhle waren von der Decke einige Steine herunter gefallen. Das machte die ganze Höhle sehr unübersichtlich und verwinkelt. Hinter einem dieser Steinhaufen bemerkte Siga plötzlich eine Bewegung. Oder war es nur ein Schatten durch die Fackel gewesen? Egal, lieber einmal zu vorsichtig als gefressen werden war Sigas Devise. Er gab Gumba ein Zeichen und die Jäger bewegten sich noch vorsichtiger und zum Sprung geduckt vorwärts.

Als sie um den Haufen mit den Steinen herum waren sahen sie in zwei funkelnde leuchtende Augen. Ein gelb schwarz geflecktes, katzenartiges Tier von riesigen Ausmaßen stand vor ihnen und sie sahen in ein gewaltiges aufgerissenes Maul mit langen spitzen Zähnen. Das

Tier fauchte und Siga schrie kurz auf. "Wir haben es." Alle in der Höhle wussten nun wo das Tier war und liefen vorsichtig zu Siga und Gumba, es hätte ja auch noch ein zweites in der Höhle sein können.

Gumba und das Tier standen unmittelbar voreinander. Nicht einmal zwei Speerlängen trennten die beiden voneinander. Das Tier machte einen Schritt auf Gumba zu der seinen Speer vor sich hielt. Mit dem Schlag seiner mächtigen Pranke entwaffnete es Gumba, der daraufhin einen großen Schritt nach hinten machte. Der Speer flog in eine dunkle Ecke, weit weg von dem Tier. Wehrlos stand Gumba dem Tier gegenüber. Dieses duckte sich kurz, setzte zum Sprung an und war auch sofort in der Luft.

Als es an Siga vorbeiflog nutzte dieser die Gelegenheit und stieß mit dem Speer zu. Das vollkommen überraschte Tier brach den Sprung ab, wand sich nun Siga zu, der es nur verletzt und damit gereizt hatte. Nun waren alle Jäger versammelt, keiner traute sich den ersten Schritt auf das gewaltige Tier zu zu machen und dieses hinkte auf Siga zu. Es riss das Maul auf und fauchte gewaltig. Siga ging rückwärts und das Tier folgte ihm langsam, mit dem gewaltigen Schwanz wild hin und her schlagend.

Als die Jäger sich nun gefasst hatten gab Gumba das Zeichen und fünf Speere flogen auf das Tier zu. Getroffen brach es zusammen und mit einem gewaltigen Schrei rammte Gumba einen Speer in das Tier. Der Schwanz und die Tatzen zuckten noch ein paar Mal, dann war das Tier tot.

Erst jetzt konnten sie aus der Nähe die ganze Größe der Katze sehen. Sie war länger als ein Mann groß war und seine Tatzen waren so groß wie Gumbas Hände und die waren die größten in der Gruppe.

Sie nahmen das Tier mit aus der Höhle. Sein Fell und die Krallen sollte Siga erhalten, der es durch seinen mutigen Einsatz ja zu Strecke gebracht hatte. Vor der Höhle banden sie die Katze auf einen Ast und trugen sie in das Lager zurück. Gumba dankte Siga für die Tat und noch bevor es Abend war wusste jeder im Lager, was Siga mit der Katze gemacht hatte und wie mutig er sich in der Höhle verhalten hatte. Mara und Schicha waren sehr stolz auf ihren tapferen Sohn. Alle im Lager schauten sich auch die Katze an die Gumba am Rande des Lagers abgelegt hatte.

Keiner der Jäger hatte je so eine große Katze gesehen. Der Luchs war immer die größte Katze gewesen, aber diese hier war sehr viel größer als ein Luchs. Schicha hoffte, das es ein einzelnes Tier war, denn wenn noch mehr von dieser Größe hier in der Nähe lebten dann waren sie hier nicht sicher genug. Das Feuer beschützte zwar die Menschen, doch die Tiere auf der Lichtung waren nicht durch das Feuer geschützt.

Zusammen mit Mussa und dem Leittier kamen sie überein das die Tiere ab sofort in der Nacht in einem unbenutzten Teil des Lagers blieben, in dem Gumba auch einen kleinen Zaun errichtete. Am Tag gingen die Tiere mit einem Jäger auf die Lichtung und nachts blieben sie im Lager beschützt durch das Feuer.

15. Kapitel

Kann man das Essen?

Mittlerweile war es Hochsommer geworden und es war richtig warm. Die Sonne brannte auf die Menschen im Lager herunter und wenn sie am höchsten Stand war man am liebsten im Schatten, im Wald oder in Fluss beim baden. Die Heldentat von Schicha war noch lange Gesprächsstoff am Feuer und er trug nun die Kette mit den Krallen des Tieres jeden Tag. Gumba hatte sie ihm angefertigt und aus Dankbarkeit überreicht.

Schara, die Tochter von Gumba die in Sigas alter war, war ebenfalls dankbar das er ihren Vater geholfen hatte. Sie verstanden sich vorher schon gut aber aus der Dankbarkeit erwuchs in der Zeit die Liebe zwischen Schara und Siga. Immer wieder zogen sie zusammen durch und um das Lager.

Bei einem dieser Ausflüge fanden sie auf einer Lichtung, auf der noch keiner vor ihnen gewesen war, eine seltsame Graspflanze. Sie stand in Büscheln ganz dicht beieinander und hatte große Körner. Beide fragten sich was man wohl mit der Pflanze machen konnte. Sie nahmen ein paar Büschel davon mit in ihr Lager und zeigten diese erst Kara und danach Mara. Was kann man damit machen fragten sich bald alle Frauen des Lagers.

"Kann man das Essen?" fragte Schara und Mara zuckte mit den Schultern. Siga schlug vor, dies bei den Tieren zu prüfen, also gingen Mara, Kara, Schara und Siga zu den Tieren auf die Lichtung hinüber und hielten das Gras einem der Tiere hin. Dieses stürzte sich sofort auf die Pflanzen und verschlang diese sofort. "Essbar sind sie also und dem Tier schmecken sie sogar. Was machen wir aber nun damit?

Sollen wir es den Tieren geben oder können wir sie selbst essen?" fragte Siga.

Alle Frauen im Lager begannen nun mit den Körnern zu experimentieren. Eine warf sie in die Glut und röstete sie. Sie schmeckten gut, waren aber im Inneren nicht durch geröstet. Wie könnte man das ändern? Das einzelne Korn durchzuschneiden war zu mühsam. Kara kam auf die Idee die Körner zwischen zwei Steinen zu zerreiben. Ein feines Pulver war das Resultat, doch was konnte man nun damit anfangen? Mit etwas Wasser vermengte sie es zu einem Brei, den sie in der Sonne trocknen lies.

Mara nahm einen Teil des Breis und legte ihn auf einen heißen Stein, den sie aus dem Feuer gerollt hatte. Das Wasser aus dem Brei verdampfte und es stieg ein wunderbarer Duft auf. Sie wendete den Brei, der nun schon etwas fester geworden war, vorsichtig und wartete kurz ab. Kara kam, durch den Duft angelockt, zu ihr herüber. Zusammen brachen sie ein Stück am Rand ab. Es war nun kein Brei mehr sondern eine lockere Masse die hervorragend schmeckte. Kara sagte zu Mara "Wenn wir den Brei etwas dicker machen und dann ganz flach auf den Stein auslegen ist der Geschmack wahrscheinlich noch besser. Gesagt, getan. Kara zerrieb noch ein paar von den Körnern und Mara nahm etwas weniger Wasser als beim letzten Versuch.

In der Hand formte Mara eine ganz flache, runde Form, die sie vorsichtig auf einen flachen heißen Stein legte. Nach kurzer Zeit stieg wieder der herrliche Duft auf und sie wendete den Teig. Nun kamen immer mehr Frauen aus dem Lager zu den beiden an das Feuer. Der Duft lockte alle aus ihren Zelten zur Mitte. Kara teilte den Teig auf, so dass ein jeder kosten konnte. Allen schmeckte es.

Nun musste Schara allen zeigen wie die Pflanze aussah und wo sie wuchs. Gemeinsam gingen die Frauen auf die Lichtung und begannen die Pflanzen einzusammeln. Als alle Pflanzen gesammelt waren ging ein Teil der Frauen auch auf andere Lichtungen in der Umgebung. Sollte die Pflanze nur auf der einen Lichtung wachsen? Aber auch auf anderen Freiflächen wuchs das Gras, sie hatten es bisher nur nicht für gut und essbar gehalten.

Im Lager begann Mara mit Kara und ein paar anderen Frauen die Körner aus den Pflanzen zu sammeln. Sie taten dann alle in einen großen Topf. Einen Teil der Körner nahm Schara aus dem Topf heraus und sagte zu ihrer Mutter "Wenn wir die am Rande des Lagers ausstreuen dann wächst das Gras dort im nächsten Jahr bestimmt auch und wir haben nicht so einen weiten Weg bis zu den Lichtungen." Kara nickte und ging mit ihrer Tochter mit. Gemeinsam streuten sie an einer Stelle, an der keine Zelte standen, die Körner aus.

Mara hatte im Lager begonnen die Körner zu zerreiben. Auf einem flachen Stein legte sie immer eine Handvoll von den Körnern und rieb diese so lange mit einem runden Stein, bis das feines Pulver entstand. Dieses gab sie nun in einen anderen Topf. Ein paar Frauen suchten sich nun ebenfalls jeweils zwei Steine und taten es Mara nach. Nach kurzer Zeit waren alle Körner zerrieben und der Topf bis oben hin voller Pulver.

Am Abend sollte es nun für alle diesen gebackenen Teig geben und so machten sich ein paar Frauen, unter Anleitung vom Kara die nun vom verteilen der Körner zurück war, daran Brei herzustellen und auf Steinen am Feuer zu backen. Immer wenn eines fertig war wurde es auf einen Haufen zur Seite gelegt, welcher immer mehr in die Höhe wuchs, bis vierzig Stück davon fertig waren. Der Duft von gebackenem Teig zog durch die ganze Lichtung und als dann die Jäger wieder eintrafen empfing sie eine köstliche Wolke die sie noch nie wahrgenommen hatten.

Alle setzten sich an das Feuer und ließen es sich schmecken und für die nächsten Tage war immer noch etwas im Topf drin. Zusätzlich zu den Wurzeln, die sie ja immer schon suchten, gingen die Frauen ab jetzt auch auf die Suche nach dem Gras das, wenn es gebacken war, so herrlich schmeckte. Immer einen Teil der Körner brachten die Frauen dann zu Schara die diese in dem, nun abgesperrten, Teil des Lagers verteilte, in die Erde drückte und mit Wasser aus dem nahen Fluss goss.

Im nächsten Jahr war an dieser Stelle im Lager ein dichter Teppich von dem Gras gewachsen und nachdem die Frauen alles eingesammelt hatten gingen sie daran jedes fünfte Korn auf einer nahen Lichtung genau so auszubringen wie es Schara ihnen vorgemacht hatte.

16. Kapitel
Töpfe und Körbe

Auch in diesem Jahr waren sie wieder in das selbe Sommerlager gezogen. Früher hatte es ja noch einen Sinn gemacht das Sommerlager jedes Jahr woanders hinzu verlegen, da sie immer dem Wild hinterher zogen, aber nun waren sie schon das vierte Jahr in Folge am selben Platz. Immer mehr aus dem Lager kamen dazu zu fragen, ob das ziehen zum Sommerlager im Frühling und zum Winterlager im Winter noch richtig war. Konnte man nicht in der Gegend bleiben und das ganze Jahr über an einem Platz bleiben?

Schicha fiel dabei die Höhle der Katze ein die ja in nicht allzu weiter Ferne lag. Konnte man diese nicht als Winterlager benutzen? Zusammen mit Gumba und Siga brachen sie mit drei Tieren auf zu der Höhle. Nicht lange und sie sahen die Schlucht wieder. Gumba war es ein wenig mulmig, da er noch an die Begegnung mit der Katze damals denken musste. Sie banden die Tiere an einen Baum am Eingang der Höhle und machten sich mit ein paar Fackeln vorsichtig auf den Weg in die Höhle hinein. War wieder so eine Katze da? Bei jedem Schatten oder Flackern einer Fackel zuckte Gumba zusammen, aber die Höhle war leer. Sie war groß genug und konnte als Winterlager dienen. Auch die Tiere hatten darin genug Platz und sie war nicht so weit vom Sommerlager entfernt.

Wieder zurück im Lager setzten sich alle Jäger an das Feuer und besprachen die neuen Planungen. Die Frauen schauten von Ferne zu und sagten "Die Jäger machen ihr Ding." Sie würden dann später die Frauen und Kinder informieren, was sie verabredet hatten. Am Rande des Lagers saßen Mara und Kara und gingen ihren Tätigkeiten nach. Während Mara Körbe flocht formte Kara aus feuchter Erde Schüsseln und Töpfe die sie in der Sonne trocknen lies. Nach dem Erfolg mit dem Brei, den sie nun schon eine Weile am Feuer buken, kam Kara die Idee, dass sie auch die Schüsseln im Feuer backen konnte. Wenn es klappte waren sie dann etwas stabiler als jetzt. Auch konnten sie diese nicht ins Feuer tun da die Töpfe jetzt immer zersprangen.

Die beiden Frauen versuchten nun mit ein paar Schüsseln ihr Glück auf den Steinen am Feuer. Leider zersprangen alle weil die Steine zu heiß waren. Wie konnte man die Schüsseln langsam erwärmen war die Frage. Das schnelle erwärmen funktionierte ja sichtbar nicht. Mara schlug vor die Schüsseln in einem Korb über die Glut eines Feuers zu hängen, was beide Frauen sofort versuchten. Der richtige Abstand zum Feuer musste erst noch gewählt werden. Irgendwie ging aber die Wärme zu schnell nach oben weg und danach war die Glut aus, bevor die Schüsseln gut waren.

Schara kam auf die Idee eine kleine Höhle aus Steinen zu bauen in der sie unten Feuer machen konnte und in der auch die Glut sowie die Hitze lange genug bleiben würde. Vorn war eine große Öffnung für das Feuer und die Schüsseln, welche man mit einem Stein verschließen konnte und auf halber Höhe war eine steinerne Ablage drin, auf welche die Schüssel gestellt werden konnte. Sie legte nun im unteren Bereich Holz hinein und brannte es an. Aus kleinen Öffnungen zwischen den Steinen im oberen Bereich qualmte es heraus. Immer weiter legte sie Holz nach bis die Steine auch außen herum Heiß waren, dann lies sie das Feuer niederbrennen bis nur noch Glut da war. Mara stellte eine ihrer Schüsseln vorsichtig auf die Ablage und dann verschlossen sie die kleine Höhle mit dem Stein, setzten sich daneben und warteten bis sie die Hand auf den Stein legen konnten und die Hitze nicht mehr so groß war.

Als sie die Schüssel vorsichtig entnahmen war sie noch ganz und nicht in der Hitze zersprungen. Sie war stabil und man konnte auch Wasser darin auffangen, ohne aufzuweichen. Der Versuch hatte funktioniert. Alle Frauen kamen und betrachteten die Schüssel und Schara war mächtig stolz, das es funktioniert hatte. Zusammen mit Siga baute sie nun einen etwas größeren Ofen, in dem auch zwei Schüsseln hinein passen würden. Mara formte nun einen Topf aus der Erde und als Schara mit dem großen Ofen fertig war stellte sie den Topf probeweise hinein. Er passte genau von der Größe her.

Am nächsten Morgen heizten sie beide Öfen an. In den kleineren stellten sie eine Schüssel und in den größeren den Topf. Dann verschlossen sie die beiden Öfen und ließen sie in Ruhe. Erst gegen Ende des Tages wurden die Öfen wieder geöffnet und die Schüssel sowie der Topf entnommen und zum Abkühlen über Nacht vor den Ofen gestellt. In dieser Nacht begann es heftig zu Regnen und keiner dachte mehr an den Topf, der ja noch da stand, erst am nächsten Morgen, als Mara aus dem Zelt kam, fiel ihr Blick auf den Topf. Er war vollständig mit Wasser gefüllt und nichts war heraus gelaufen oder aufgeweicht. Es hatte also ebenfalls funktioniert. Schnell ging sie zu den anderen Frauen und zeigte den Topf mit dem Wasser.

Eine Frau kam auf die Idee zu versuchen, ob man den Topf mit dem Wasser nun über das Feuer stellen konnte. Mara zögerte kurz. Ihr schöner neuer Topf! Würde er das aushalten? Aber wenn nicht konnte sie sich ja einen neuen machen. Sie stellte den Topf auf das Feuer und das Wasser darin begann nach kurzer Zeit zu kochen und das ohne das man glühende Steine hineinwarf, so wie man das bisher immer machen musste.

Eine jede Frau im Lager wollte nun so einen tollen Topf haben und die beiden Öfen wurden jeden Tag mit Töpfen bestückt. Auch die

Schüsseln waren nun gefragt. Mara, Schara und Kara fertigten ab jetzt jeden Tag Gefäße aller Art. Die Öfen am Rande des Lagers rauchten jeden Tag und nachts kühlten die Töpfe aus.

In einigen dieser Töpfe verstauten sie schon Vorräte für den Winter die sie dann in die Höhle brachten und dort verstauten. Schara machte die Töpfe und zusammen mit Siga brachte sie diese dann täglich mit einem der Tiere zu der Höhle. Die Höhle wurde danach immer sorgfältig verschlossen damit keine wilden Tiere über die Vorräte herfallen konnten.

17. Kapitel
Eine Höhle aus Holz

Als sie nun im Frühjahr wieder aus der Höhle auf die Lichtung zogen und das Ganze in zwei Stunden erledigt war vermehrte sich das Murren innerhalb der Gruppe. Warum zog man eigentlich im Winter in die Höhle? Der einzige Grund waren die Zelte und das es im Winter kalt wurde. Konnte man das nicht irgendwie umgehen und das ganze Jahr am selben Platz bleiben?

Mussa setzte sich zusammen mit Schicha an das Feuer und gemeinsam begannen sie sich in Trance zu versetzen, um die Ahnen und ihren Bären zu befragen. Mussa schlug die Trommel und schon bald stieg eine Funkenwand aus dem Feuer auf. Innerhalb dieser Wand bildete sich aus lauter Funken ein Bild des Bären, der die beiden nach ihrem Anliegen fragte. Dann trat der Bär zur Seite und zeigte den beiden Männern im Feuer, wie sie im Winter eine warme Behausung haben würden. Er zeigte ihnen eine Höhle aus Holz, in der ein Feuer brannte. Gerade groß genug für zehn Menschen. Als Schicha und Mussa dieses Bild sahen löste sich die Wand in einen Funkenregen auf und das Bild, aber auch der Bär, verschwand.

Da es in ihrer Gegend sehr viel Wild gab mussten die Jäger nicht jeden Tag in den Wald und so konnte Schicha eine Gruppe von zehn Jägern für den Bau seiner Höhle gewinnen.

Als erstes mussten sie im Wald neben dem Lager ein paar geeignete Bäume fällen. Schicha ging voran, manchmal sah man noch, dass er das eine Bein etwas nachzog, und die Jäger folgten ihm. Er sah die Bäume an und dann zeigte er auf den einen oder anderen und die Männer machten sich daran mit dem Steinbeil die Bäume zu fällen. Nach dem zwanzigsten Baum gingen sie in das Lager zurück und begannen mit den Tieren die Bäume in das Lager zu ziehen.

Mussa hatte schon eine Stelle im Lager ausgesucht an der sie bauen wollten. Er steckte einen Bereich ab, der fünf Speere lang und breit war. In diesem Bereich gruben die Männer soweit in die Tiefe, das sie bis zur Hüfte in der Erde standen. An den Ecken und den Längsseiten gruben sie kleine Löcher in den Boden und stellten die Bäume darin auf, danach verbanden sie diese oben mit einem Querbalken, so dass dieser in Kopfhöhe um die ganze Grube herum lief. In der Mitte der Querseiten standen Bäume die doppelt so hoch waren und diese beiden Bäume verband er mit einem Querbaum über die ganze Länge.

An drei Seiten umgaben die Männer die Konstruktion mit einem Geflecht aus Ästen, die vierte Seite blieb offen. Auf die beiden Schrägen die sich oben bildeten lies Mussa trockenes Gras legen und befestigen. Das Geflecht auf den Seiten ließ er mit feuchter Erde von beiden Seiten bedecken, so dass kein Wind mehr hindurch kam. Jetzt sah das Gebilde so aus wie es der Bär gezeigt hatte und nun wollte man versuchen zu zehnt darin zu schlafen sowie einen ganzen Tag zu verbringen. Mussa lud alle Männer die mit gebaut hatte ein und brannte danach neben dem Eingang ein Feuer an, das sie wärmen sollte.

Als am nächsten Morgen die Sonne wieder aufging war die Freude in der neu gebauten Höhle nicht ganz so groß. Der Bär hatte zwar gezeigt wie, aber nicht wie groß diese sein sollte. Für fünf Menschen reichte der Platz aus, aber für zehn war es doch etwas beengt. Der nächste Versuch sollte darum doppelt so lang sein wie diese Hütte. Sie würden aber an einer anderen Stelle bauen und ihre erste Hütte für Mussa und Schicha stehen lassen. Es wurde die Hütte des Schamanen und rund um diese würden sie Stück für Stück den ganzen Sommer über eine nach der anderen bauen. Nun aber mit den richtigen Abmessungen.

Immer wenn eine fertig war zog eine Gruppe vom Zelt in die Hütte um und richtete sich dort ein. Auch für die Tiere wurde ein Unterstand gebaut. Dieser wurde aber nicht in den Boden eingegraben sondern die Stämme wurden einfach etwas höher gestellt, so dass sie einfach drunter gehen konnten.

Der Sommer ging mit vielen Baumfällarbeiten ins Land und als sich die Blätter verfärbten und der Herbst begann, brachen sie nicht zu ihrer Höhle auf, sondern legten noch mehr Gras auf die Dächer, damit es schön warm darunter sein würde. Direkt am Eingang einer jeden Hütte wurde das Feuer entzündet, damit der Rauch nach draußen und die Wärme nach innen ziehen konnte.

Nun konnte der Winter kommen und es wurde ein besonders milder Winter in ihrer neuen Behausung. Es fiel nicht allzu viel Schnee in diesem Winter und auch die Temperaturen fielen nicht so stark wie in einigen Wintern vorher. Alles ging gut und sie würden ab sofort immer nur noch in diesen Behausungen bleiben. Die Zelte brauchten sie nun nicht mehr.

Auch zum Jagen gab es in der Umgebung genug, so dass der Platz für diese Siedlung optimal war. Der Fluss war in der Nähe und sorgte auch im Winter für Wasser, da er selten zufror und Holz für die Feuer gab es in der Nähe auch genug. Die Tiere waren auch mit ihrem Unterstand zufrieden. Ein Feuer brannte dort zwar nicht aber sie konnten mit den Temperaturen auskommen und waren das gewöhnt.

Im Zentrum, in der kleinen Hütte, lebte Mussa mit Schicha, Mara und Siga. Sie bewachten das Feuer und sorgten, zusammen mit Gumba und dessen Frau Kara, für Ordnung im Lager. Nach dem Winter ging Siga zu Gumba und bat diesen das Schara zu ihm in die kleine Hütte ziehen durfte. Seit dem Erlebnis mit der Katze konnte er Siga keinen Wunsch abschlagen und da auch Schara einverstanden war wechselte diese bei Frühlingsbeginn von der elterlichen Hütte in die Hüte Mussas, die nun mit fünf Personen genau die Größe hatte, die Mussa für passend hielt.

Mit einem großen Fest wurde der Ende des Winters und gleichzeitig auch der Umzug Scharas gefeiert. Siga hatte dazu im Wald ein Wildschwein erlegt, das über dem Feuer neben der kleinen Hütte gebraten wurde. Kara verabschiedete sich dabei noch einmal symbolisch von ihrer Tochter und Mara begrüßte diese in ihrer Familie.

18. Kapitel

Ist das ein neuer Plan?

Das Zusammenleben mit den Tieren in den letzten Jahren hatte Schicha gezeigt, dass es möglich war, das Tiere mit den Menschen zusammen auskommen konnten. Nun war es wieder Frühling geworden und er setzte sich mit Mussa ans Feuer neben der kleinen Hütte. Zusammen überlegten sie ob die Jagd noch gut und richtig war oder ob es besser wäre wenn sie immer genügend Tiere hier in ihrem Lager haben würden.

Momentan gab es in der Umgebung genug Tiere zum Jagen, doch was würde sein wenn diese eines Tages fortzogen? Mit den Hütten konnten sie nicht mehr hinterher und die Zelte waren auch nicht mehr da. Man musste vorsorgen für den Fall, von dem man hoffte, dass er nicht eintreten würde. Beide hatten eine große Verantwortung für ihre Gemeinschaft und so beschlossen sie wiederum den Geist des Bären zu befragen, was dieser und die Ahnen dazu meinen würden.

Am Feuer begannen sich beide mit Mussas Trommel in Meditation zu versenken und als die Funken aus dem Feuer aufstiegen wussten sie, dass der Bär ihre Frage hören konnte. Diesmal erschien er aber nicht, sondern zeigte den zwei Männern nur Bilder von den Tieren die sie fangen dürften. Ziegen, Auerochsen und Wildschweine zeigte er ihnen und auch jeweils wie sie diese Tiere fangen und unterbringen sollten. Als das Feuer erlosch ging Schicha zu Gumba und erzählte ihm von dem Bild des Bären.

Bevor sie aber die Tiere fangen konnten sollten sie die Unterstände für die Tiere so bauen, wie der Bär es ihnen gezeigt hatte. Ein kleiner Zaun umgrenzte den jeweiligen Bereich, nur um den Unterstand der Auerochsen baute Gumba den Zaun etwas stabiler als der Bär es vorgesehen hatte. Er wollte kein Risiko für das Lager eingehen und es sollte kein wütender Auerochse durch das Lager stürmen können. Am Tag als die drei Bereiche fertig waren setzte sich Mussa mit den Geistern der drei Tierarten in Verbindung und erhielt die Information wo sich die Tiere gerade befanden.

Zuerst gingen die Jäger los und fingen die Ziegen genau an der Stelle ein, die ihnen Mussa genannt hatte. In einer kleinen Schlucht war ein Dutzend von ihnen und graste auf einer Lichtung. Die Jäger umstellten die Schlucht, so dass nur noch ein Ausgang blieb und dann gingen sie so weit zusammen, dass die Ziegen nicht entkommen konnten. Eine Ziege nach der anderen fingen sie mit dem Seil ein, so wie ihnen Mussa es damals mit den Reittieren gezeigt hatte. Auf dem Rückweg zum Lager führte jeder Jäger eine Ziege am Seil neben sich her und der Wolf umkreiste den ganzen Zug. Wenn eine Ziege versuchte zu entkommen rannte er hin, knurrte sie kurz an und alles war wieder gut. Im Lager angekommen wurden die Ziegen in das für sie gebaute Gehege gebracht und erst einmal mit vielen Leckerbissen gefüttert, damit sie zutrauen zu den Menschen fassen konnten.

In der darauf folgenden Woche wollten sich die Jäger einer Wildschweinrotte nähern, aber für die vorsichtigen und schlauen Tiere brauchten sie unbedingt Mussas Hilfe. Der versetzte sich in Trance und zeigte der Rotte einen Platz, an dem er sich mit ihr treffen wollte, dann informierte er die Jäger die sofort losgingen. Sie sperrten einen Bereich einer Lichtung mit Seilen und Felllappen ab und ließen nur eine kleine Lücke als Durchgang für die Schweine frei. Als die Rotte eintraf, wie Mussa es gesehen hatte, zögerten die Tiere kurz am Durchgang, doch dann gingen sie zu Mussa und standen um ihn herum. Die Jäger verschlossen nun den Durchgang, Mussa beruhigte die zehn Schweine und danach führten sie eines nach dem anderen in das Gehege, welches sie für die Schweine gebaut hatten.

Bei den Schweinen dauerte es fast einen Monat bis sie so zahm waren, dass sie jemanden anderes außer Mussa oder Schicha an sich heran ließen. Nun begannen die Jäger damit, sich auf das fangen der Auerochsen vorzubereiten. Gejagt, mit Pfeil und Boden oder dem Speer, hatten sie die großen Tiere schon oft aber gefangen? Wie sollte das den gehen? Auch hier konnten sie nur auf Mussas und Schichas Hilfe vertrauen.

Die Tiere sollten einzeln eingefangen werden, jeden Tag nur eines aus der Herde. Schicha und Gumba einigten sich darauf, dass immer vier Jäger ein Tier aus der Herde trennen sollten, indem sie mit den Reittieren um es herum ritten. Danach mit einem Seil um Hörner oder Kopf das Tier fangen um es ins Lager zu bringen. Am ersten Tag waren alle Jäger, die daran beteiligt waren, mehr als aufgeregt. Mussa musste sie erst beruhigen, damit sich die Nervosität nicht auf die Tiere übertragen konnte, denn sonst wäre die Jagd auf die Auerochsen zu gefährlich gewesen. Die Jäger setzten sich zu Mussa in das Gras am Rande der Lichtung und nach einer kurzen Weile wurden sie immer ruhiger.

Mussa ging im Kreis umher und legte jedem die Hand auf die Schulter, dann standen sie auf und stiegen auf die Pferde. Schicha zeigte auf das Tier welches sie fangen sollten und schon ritten sie los. Wie abgesprochen umkreisten sie das Tier und trennten es von den anderen. Mit einer schnellen Bewegung warf dann einer von ihnen ein Seil um die Hörner des Auerochsen und sprang sofort vom Pferd zu Boden. Die anderen Jäger liefen nun schnell vom Waldrand auf die Lichtung und warfen weitere Seile auf und um das Tier bis es vollkommen umhüllt war. Nur widerstrebend ließ sich der Auerochse von der Lichtung in das Lager bringen, doch nun war der erste gefangen und die Jäger wussten nun wie es gehen kann.

In den nächsten vier Wochen fingen sie weitere neun Tiere aus der Herde und damit war ihr Tierbestand, den sie mit dem Geist des Bären abgesprochen hatten, erreicht. Nach und nach wurden die Tiere immer zutraulicher und die Jäger gingen nur noch selten auf die Jagd. Ein großer Teil der Männer kümmerte sich nun täglich um das Futter für die Tiere, versorgte diese und betreute sie. Als die Tiere genug zutrauen gefasst hatten wurde sie von den Männern auch auf abgesperrte Lichtungen gebracht, wo sie sich satt fressen und abends wieder ins Lager zurück kommen konnten.

19. Kapitel

Von Oben betrachtet

Ein weiteres Mal war der lange, kalte Winter vorbei und der Frühling lies die Knospen an den Bäumen sprießen. Im Lager waren die Männer kaum noch mit der Jagd, sondern nur noch mit den Tieren innerhalb des Lagers beschäftigt gewesen. Die Zeit, die sie dadurch gewannen, da sie nicht mehr Stundenlang durch den Wald laufen mussten wenn sie ein Tier haben wollten, sondern nur noch in das Gehege gehen brauchten, konnten sie nun für die Erkundungen in der näheren und weiteren Umgebung des Lagers nutzen.

An einem warmen Tag brachen Gumba, Siga und ein weiterer der Männer auf, um die Gegend von oben aus zu betrachten. Etwa einen Tagesritt im Norden lag ein kleiner Berg, der die Bäume weit überragte. Von dort oben würden sie sehen können, ob in der Umgebung auch noch andere Menschen Feuer machen und Lagern würden. Wenn sie nicht zu weit entfernt waren konnte man mit ihnen vielleicht Handel treiben. Die Töpfe, die Mara, Kara und Schara machten, waren sehr gut und wenn es in dem anderen Lager etwas gab was man eintauschen konnte, selbst wenn es nur Erfahrungen waren, konnte dies im nächsten Winter einen Vorteil für sie bringen.

Sie ritten den ganzen Tag und bei Sonnenuntergang erreichten sie eine kleine Lichtung am Fuße des Berges. Gumba holte noch etwas Holz für ein Feuer zusammen und dann setzten sich die drei zusammen und verzehrten das von Schara eingepackte Mahl. Am nächsten Morgen machten sich Siga und Gumba zu Fuß auf den Weg den Berg hinauf, während der dritte Mann die Pferde betreute und das Feuer am brennen halten sollte. Am Anfang war der Anstieg noch gemächlich. Es ging durch einen lichter werdenden Wald eine Schneise entlang die ein Sturm am Berghang gezogen hatte. Dann wurden die Bäume immer kleiner und die beiden Männer kamen auf eine steinige Strecke auf der sie vorsichtig die letzten hundert Meter nach oben stiegen. Siga rutschte ein paar Mal aus, doch Gumba konnte ihn immer wieder stützen und so einen Absturz verhindern.

Auf der Spitze des Berges angekommen setzten sich die beiden erst einmal auf einen großen Stein um kurz auszuruhen. Sie schauten dabei genau nach Süden zur Sonne und konnten in einiger Entfernung eine leichte Rauchsäule erkennen. Das war ihr Lager am Fuße des Berges, von dem sie am Morgen aufgebrochen waren. Immer noch auf dem Stein sitzend sahen sie sich links und rechts um. es waren einige Rauchsäulen von hier oben aus zu sehen, insgesamt waren es fünf in einer Entfernung, die man an einem Tag per Pferd zurücklegen konnte. Sie sahen auch den Fluss, der sich im Süden hinter ihrem Lager durch den Wald schlängelte und im Westen an ihnen vorbei in einem Bogen nach Norden floss. Wie ein silbernes Band zog er sich durch das Grün des Waldes hindurch und verschwand weit außerhalb ihres Sichtbereichs.

Sie merkten sich drei der Rauchsäulen, die ihrem Lager am nächsten waren, prägten sich die Richtung und Entfernung ein und stiegen danach vorsichtig den Berg wieder herunter. Als sie unten ankamen setzte schon wieder die Dämmerung ein und sie sahen das Feuer in einiger Entfernung durch das Unterholz. Nach einer weiteren Nacht würden sie wieder zum Lager zurück reiten und Bericht erstatten.

Schicha erwartete die drei Reiter schon am Anfang des Lagers und wollte sofort wissen, was die drei alles gesehen hatten doch Gumba wollte erst alle Männer am Feuer zusammen holen, um nicht alles noch einmal erzählen zu müssen. Schnell brachten sie die Pferde in den Unterstand, während Schicha die Männer versammelte. Als alle da waren begann Gumba vom Weg, dem Aufstieg und den anderen Lagern zu erzählen. Gemeinsam kam man zu der Entscheidung, dass am nächsten Tag fünf Männer zum nächsten Lager reiten und dort mit der anderen Gruppe vorsichtigem Kontakt aufnehmen sollten. Wenn möglich können diese danach etwas tauschen. Ein paar Töpfe von Kara wurden sofort bereitgestellt. Gumba, Siga, Schicha und zwei weitere Männer würden mit den Pferden bereits nach Sonnenaufgang aufbrechen.

Gumba hatte ein hervorragendes Orientierungsvermögen. Er ritt vorn an der Spitze der Gruppe und hielt immer genau die Richtung zu dem anderen Lager ein, obwohl er durch die hohen Bäume gar nicht sehen konnte, wo das andere Lager war. Praktisch im Zickzack, entlang von Schneisen und über Lichtungen, nur am Stand der Sonne orientiert, ritten sie bis sie am Abend in einiger Entfernung ein Feuer sahen. Sie ließen die Pferde bei einem Mann zurück und gingen zu viert vorsichtig auf das Feuer zu.

Auf einer Lichtung sahen sie zehn Zelte, so wie sie diese selbst früher gehabt hatten, mit ein paar Menschen die am Feuer saßen. Sollten sie jetzt noch an das Feuer gehen und fragen? War das zu gefährlich? Schließlich war die andere Gruppe zahlenmäßig weit überlegen. Gumba und Schicha schauten sich kurz an und ohne ein Wort, nur mit einem Nicken, kamen sie überein, sofort hinüber zu gehen.

Die vier Männer traten auf die Schneise und näherten sich aufrecht der Lichtung. Die andere Gruppe bemerkte sie sofort. Ein alter, grauhaariger Mann und ein paar Jäger traten auf sie zu und sie begrüßten sich gegenseitig. Der alte Mann war der Schamane der Gruppe und Schicha, der ja auch Schamane war, stellte sich ihm vor. Die beiden Schamanen setzten sich abseits an ein kleines Feuer, während die Männer bei den Jägern und deren Familien am größeren Feuer Platz nahmen.

Während die beiden Schamanen am Feuer saßen und erzählten holte Gumba bei den Pferden die Töpfe und brachte sie in das Lager. Er zeigte sie den Frauen und eine jede von ihnen wollte unbedingt so eine Topf haben. Gumba versprach bald wieder zu kommen und noch ein paar zu bringen, da die Anzahl bei weitem nicht reichte für alle hier im Lager. Als Tauschobjekt erhielt er ein paar Steine die im Licht des Feuers gelblich glänzten wie die Sonne. Die Männer hatten diese Steine in einem Bach ganz in der Nähe gefunden. Wenn man mit einem Stein darauf schlug verformte sich der gelbe Stein und man konnte daraus Schmuck oder Anhänger formen. "Das ist was für die Frauen in unserem Lager" dachte Gumba "dafür werden sie gern die Töpfe herstellen und abgeben."

Die beiden Schamanen traten auch wieder zu der Gruppe. Der Bär war der Schutzgeist beider Gruppen und so wurde man sich schnell einig. Gumba holte den fünften Mann mit den Pferden in das Lager und diese wurden von allen bestaunt. Nach Sonnenaufgang des nächsten Tages ritten die fünf wieder zurück, mit dem Versprechen bald wieder zurück zu kommen um wieder Töpfe gegen die gelben Steine zu tauschen.

20. Kapitel
Der Ruf des Wolfes

Es ging auf den Herbst zu. Die Tage wurden langsam wieder kürzer und das Laub an den Bäumen färbte sich bunt. Da die Gruppe sich nun keine Gedanken mehr um den Umzug ins Winterlager machen musste wurde die Vorräte im Lager immer mehr aufgestockt. Man musste sie ja nicht transportieren beim Umzug, sondern lagerte sie in einer zusätzlich gebauten Hütte, die etwas abseits von den anderen Hütten stand.

Eines Abends kamen zwei Männer mit einem Jungen vom Gehege der Ziegen zurück zu den Wohnhütten, als sie unvorbereitet in die leuchtenden Augen eines Tieres schauten. Es war schon ziemlich dunkel, so dass sie nicht erkennen konnten um was für ein Tier es sich handelte. Der Größe nach konnte es Schichas Wolf sein, aber der war mit Schicha noch im Wald. Oder waren die beiden schon wieder da? Die beiden Männer nahmen vorsichtshalber den Jungen hinter sich, als das Tier auch schon auf sie zusprang. Nun konnten sie sehen das es ein schwarzer, wilder Wolf war der vermutlich zu den Ziegen in das Gehege wollte.

Die beiden Männer waren unbewaffnet und versuchten den Wolf so gut es ging abzuwehren. Dieser biss einen der Männer in den Arm. Der andere Mann hatte sich einen Stock gegriffen, mit dem er das Tier vertreiben konnte. Schnell banden sie die Wunde ab, die sehr tief war. Von Mussa wurden ein paar Kräuter aufgelegt und die Wunde neu verbunden.

Am nächsten Morgen setzten sich alle Männer an das Feuer neben Mussas Hütte und berieten sich. "Wenn der Wolf keine Scheu vor uns hat, dann wird er bestimmt wieder kommen." sagte Schicha "Wir müssen ihn jagen und erlegen. Und wir müssen uns etwas ausdenken, was die Raubtiere des Waldes von unseren Tieren und uns fernhält. Ab heute Abend laufen Wachen mit Fackeln durch unser Lager und die anderen bleiben nach Einbruch der Dunkelheit in den Hütten." sagte er weiter. Gumba teilte schnell die Wachen ein und dann machten sie sich bereit für die Jagd nach dem Wolf.

Früher, als sie noch im Wald gejagt und im Lager immer ein großes Feuer brannte, brauchten sie sich über die Raubtiere keine Gedanken zu machen. Aber jetzt hatten sie die Beutetiere der Raubtiere hier bei sich im Lager und durch die Gehege konnten sich diese auch vor den Raubtieren nicht verbergen oder weglaufen. Das war praktisch wie eine Einladung zum Fressen für jeden Wolf oder Bären.

Fünf Männer blieben im Lager und bewachten es und die Tiere, die anderen Männer gingen in drei Gruppen auf die Jagd nach dem Wolf. Schicha mit seinem Wolf hatte bereits an dem Ort des Zwischenfalles die Spur aufgenommen und ging an der Spitze der ersten Gruppe. Der Wolf führte sie in die Richtung der Höhle in der Gumba damals mit der Katze gekämpft hatte. Gumba wurde heute, Jahre nach dem Kampf, immer noch ganz mulmig, als er an die ihn anspringende Katze dachte.

Nicht lange und sie hatten die Schlucht erreicht an deren anderem Ende die Höhle war, als der Wolf stehen blieb und in den Wald an der Seite der Schlucht starrte. Die Jäger machten sich bereit. „War der Wolf hier?" fragte sich ein jeder von ihnen in Gedanken. In einiger Entfernung hörte man nun einen Wolf heulen, was Schichas Wolf seinerseits mit einem Heulen beantwortete. Die beiden Tiere steckten so ihr Revier ab und machten gleichzeitig aus wer der Chef sein sollte.

Nach mehrmaligen Ruf und Gegenruf rannte Schichas Wolf in den Wald. Schichas „Stopp" rufen brachte keinen Erfolg. Nun konnten die Jäger nur warten was passieren würde. Nach einiger Zeit kam der Wolf zurück. Er hinkte und hatte eine klaffende Wunde am Vorderbein, die Schicha sofort verband. Was war mit dem anderen Wolf passiert? „Hatte sein Wolf gewonnen oder der andere?" fragte sich Schicha. Für heute mussten sie die Suche erst mal abbrechen. Ohne ihren Spurensucher hatten sie keine Möglichkeit den anderen Wolf zu finden.

Schicha trug seinen Wolf nach Hause in die Hütte, wo er ihn erneut verband. Die Wunde war nicht so tief wie befürchtet, aber ein paar Tage würde es dauern bis er wieder laufen konnte. Sollten sie so lange warten oder ohne Wolf auf die Suche gehen? fragte sich Schicha und in dem Moment kam Gumba zu der Hütte und sagte "Wir gehen morgen noch einmal zu der Stelle und werden ihn suchen. Heute Nacht müssen die Wachen das Lager und die Tiere beschützen." Schicha nickte zur Zustimmung und kümmerte sich danach wieder um seinen struppigen Gesellen.

In der Nacht hörten die Wachen den anderen Wolf im Wald heulen. Er war also noch am Leben und ungefähr an derselben Stelle geblieben wo er am Tag geheult hatte. Womöglich war er verletzt worden bei dem Kampf mit Schichas Wolf.

Nach Sonnenaufgang brachen die Jäger wieder auf und hatten schnell die Stelle erreicht, an der Schichas Wolf am Vortag in den Wald gelaufen war. Von dort aus gingen sie nun auf die Suche nach dem anderen Wolf. Wenn dieser verletzt war, so war er nun nur noch gefährlicher geworden, also sahen sich alle im Wald besonders vor. Vor ihnen sahen sie eine zerwühlte Stelle am Waldboden, an der auch

Blut war. Das war vermutlich die Kampfstelle der Wölfe und von dort gingen blutige Spuren in zwei Richtungen. Die eine, aus der sie gerade kamen, war die von Schichas Wolf die andere wahrscheinlich die des anderen.

Vorsichtig folgten sie der Spur durch den Wald bis zu einer Lichtung. Am Rande der Lichtung nahmen sie eine Bewegung wahr und verteilten sich am Waldrand. Vorsichtig näherten sie sich der Stelle und sahen hinter einem Gebüsch den verletzten Wolf. Es hatte ihn schwerer erwischt als den von Schicha. Er saß da mit gefletschten Zähnen und knurrte die Menschen an. Als Gumba nah genug war sprang der Wolf, die letzten Kräfte zusammennehmend, auf und lief auf ihn zu. Gumba nahm den Speer quer und drückte ihn dem Wolf in das weit aufgerissene Maul. Damit hielt er ihn fest und drückte den Wolf gleichzeitig auf den Boden zurück. Der Wolf heulte und winselte mit dem Griff des Speers quer im Maul, bevor die dazu laufenden Jäger dem Kampf ein Ende machten.

Sie nahmen den Wolf einfach mit als Zeichen dafür, dass die Gefahr vorerst gebannt war, doch wie sollten sie nun das Lager vor den anderen Tieren des Waldes schützen? Diese Frage musste nun Mussa als der Erfahrenste unter ihnen klären.

21. Kapitel

Hinter der Hecke

Das Fell des schwarzen Wolfes hing nun schon seit einer Woche als Mahnung für die Wachen an Mussas Hütte. Sie mussten sich aber dennoch etwas überlegen wie sie Raubtiere von ihrem Lager fern halten konnten. Mussa und Schicha setzten sich mit ihrer Trommel an das Feuer und verbanden sich wieder mit dem Geist des Bären. Er wüsste bestimmt eine Antwort. Bisher hatte er ihnen immer ein Bild oder eine Lösung geschickt.

Nach kurzer Zeit zeigte er sich in den Flammen des Feuers und beantwortet die Frage, indem er das Bild einer Dornenhecke zeigte. Eine Hecke, die durch die Tiere nicht zu überwinden war und er zeigte auch, wo die Pflanzen dafür zu finden waren. Am nächsten Morgen zogen alle Männer aus dem Lager los zu dem Ort, den der Bär Mussa gezeigt hatte. Eine Lichtung mit einem fast undurchdringlichen Gestrüpp mit langen Dornen und alle Büsche etwa Mannshoch.

Langsam- von außen beginnend gruben die Männer die Pflanzen mit der Wurzel heraus, banden sie an die Pferde und schleiften eine nach der anderen in ihr Lager. Die Frauen hatten schon begonnen am Rande der Lichtung einen Graben auszuheben, in den der Reihe nach die Pflanzen gestellt wurden, an drei Stellen sollte eine Lücke gelassen werden, damit sie das Lager noch verlasen konnten, aber sonst sollte es eine Wand aus Dornen werden.

Die Arbeit war mühselig und viele rissen sich die Hände an den Dornen auf. Manch einer Fluchte dabei aber Mussa sagte dann "Wenn sie dich stechen, dann halten sie auch die Tiere des Waldes davon ab dich zu beißen und lieber heute gestochen als Morgen gefressen."

Mehr als zwei Wochen lang gruben die Männer im Wald die Sträucher aus und die Frauen im Lager dieselben Sträucher wieder ein. Wenn diese Dornensträucher weiterwachsen würden, dann wäre die Mauer wirklich undurchdringbar geworden, egal ob für Mensch oder Tier.

Ein jeder Strauch wurde auch noch von Mussa mit der Kraft des Bären versehen, so dass diese Mauer auch alle bösen Geister abhalten konnte. So hatte es der Geist des Bären vorgesehen und Mussa hielt sich streng an die Vorgaben. Der Bär würde schon wissen, was er da festgelegt hatte. Je mehr sich die Mauer um das Lager schloss umso sicherer fühlten sich auch die Bewohner innerhalb des Lagers. Die drei Durchgänge würden sie abends mit einer Holzwand schließen und früh am Morgen wieder frei geben. Die Wachen sollten aber dennoch weiter im Lager unterwegs sein.

Wenn nun draußen ein Wolf heulte oder ein anders Tier um die Hecke schlich, war man nun sicherer im Lager und schlief auch dementsprechend etwas ruhiger. Eine Art von Normalität stellte sich ein und ein jeder hatte seine Aufgabe innerhalb und außerhalb des Lagers. Die Männer versorgten die Tiere und die Frauen suchten immer noch im Wald nach den Wurzeln oder ernteten die Gräser auf der Lichtung neben dem Lager.

Schara kam nun auf die Idee in einem nicht benutzten Teil des Lagers ein paar der Wurzeln und Kräuter anzupflanzen so wie sie es damals mit den ersten Grashalmen gemacht hatte. Die Wurzeln wuchsen schnell an, der Boden war sehr fruchtbar und sie gaben auch noch Dung von den Tieren darauf, weil sie gesehen hatten das an der Stelle, an der sie den Dung lagerten, die Pflanzen ganz besonders gut wuchsen.

So konnten nun auch die Frauen ihrerseits im Lager tätig werden und mussten nicht für jede Wurzel zuerst in den Wald. Der kleine Bereich wurde mit einem Zaun gesichert, weil die Ziegen ganz wild nach den leckeren Pflanzen waren. Zwar waren sie auch in ihrem Bereich durch einen Zaun abgesperrt, aber es gelang ab und zu einer von ihnen auszubrechen und dann mussten die Frauen die Ziege aus dem Bereich der Wurzeln und Pflanzen vertreiben.

Da es Scharas Idee gewesen war so war sie auch für die Planung und Pflege dieses Bereiches zuständig. Ab und zu, wenn stärkere Helfer notwendig waren, bat sie Siga oder Gumba um Hilfe, die dann entweder selbst anpackten oder ein paar von den Männern mitbrachten.

Mit Arbeit bei den Tieren und in dem kleinen Garten ging der Herbst ins Land und das Laub fiel von den Bäumen ab. Alles was nun noch nicht in den Speichern und Töpfen war würde im Winter fehlen. Das Futter für die Tiere war in ein extra Haus eingelagert worden, welches unmittelbar bei den Unterständen der Tiere lag. So war der Weg mit dem Futter zu den Tieren nicht so weit.

Als dann der erste Schnee fiel hatte auch der letzte im Lager die Vorteile von Tieren und Speicher im Lager erkannt. Selbst im schlimmsten Schneetreiben konnte man im umzäunten Lager bleiben und brauchte das Haus nicht mehr zu verlassen, außer wenn die Tiere gefüttert werden mussten. Dafür hatten die Männer Gänge in den Schnee gegraben, die von ihren Häusern zu den Unterständen der Tiere führten. In diesem Winter fiel ganz besonders viel Schnee, aber die Hecke hielt den Schnee draußen. Außerhalb lag der Schnee fast mannshoch, aber innerhalb des Lagers war es an der tiefsten Stelle nur bis zum Knie.

Sie waren tagelang eingeschneit, aber was früher in einen Kampf ums überleben geführt hätte führte nun nur noch zu lustigen Scherzen mit der Wache am Eingang des Lagers, über dessen eingefrorenen Bart. Das Leben wurde einfacher wenn auch nicht ungefährlicher für alle. Vor dem Lager, außerhalb der Hecke, war immer noch die unwirtliche, grausame Umwelt die rücksichtslos jeden Fehler bestrafte, doch hier drin konnte man auch mal eine Stunde länger in der Hütte bleiben, ohne dabei sein Leben zu riskieren.

Auch für die Tiere war es so sicherer, abgesehen davon das ab und zu eines davon geschlachtet wurde. Aber dafür hatten die Menschen sie ja hier in das Lager gebracht und draußen im Wald hätten die Jäger sie auch erlegt, nur mit mehr Mühe als jetzt wo die Männer nur bis zum Stall gehen mussten. Die Anzahl der Tiere hatte der Geist des Bären ebenfalls gut vorausgesagt. So viele wie in einem Jahr geschlachtet wurden, so viele Tiere wurden im Lager auch jedes Jahr neu geboren.

22. Kapitel
Glücklich zusammen

Es war Winter in dem kleinen Lager am Fluss. Der Schnee lag immer noch sehr hoch rund um die Hecke. In dem kleinen Haus im Zentrum des Lagers lebten die fünf Menschen einträchtig zusammen. Siga und Schara kamen sich immer näher und verstanden sich auch mit den anderen im Hause sehr gut. Ab und zu kamen auch andere aus dem Lager in das kleine Haus wenn sie Mussa etwas fragen wollten oder einen Rat von Mara oder Schicha benötigten. Leider war der Platz etwas begrenzt dadurch, dass es das kleinste Haus war. Sollten sie sich im nächsten Jahr eine Hütte nur für die Beratungen bauen wo man dann zusammen kommen könnte? Diese Frage stellte sich nun immer öfter, da manchmal jemand vor der Hütte warten musste und es war doch empfindlich kalt außerhalb.

Eine Gemeinschaftshütte für die Versammlungen der Jäger oder der Frauen wäre dabei die Lösung gewesen. Wenn der Schnee weggetaut sein würde, dann könnte man mit dem Bau beginnen und so wurde es von allen beschlossen. Damit hätten dann auch die fünf in der kleinen Hütte etwas mehr Ruhe.

Durch das Zusammenleben innerhalb des Lagers kamen diese Dinge erst richtig zum Tragen. Vorher hatte man sich darüber keine Gedanken gemacht und in der Winterhöhle war man vorher ja auch immer zusammen gewesen. Eins nach dem anderen konnte man so diese wichtigen Erfahrungen machen. Die Nachbarn aus den anderen Lagern, die immer noch zu ihren Winterhöhlen zogen, wurden durch den Handel mit den Töpfen auch von dieser Art des Lebens inspiriert. Wenn dieses Lager es schaffte den Winter zu überleben so konnte man das dann ja wohl auch.

An einem Tag an dem es nicht so kalt war gingen Schicha und Siga zusammen auf die Jagd. Wie schon in Sigas Kindheit vor ein paar Jahren waren sie nun gemeinsam im Wald unterwegs. Mit Pfeil und Bogen versuchten sie etwas jagdbares Wild zu finden, doch durch den Schnee hatten sich die Rehe in den tieferen Wald zurückgezogen. "Bloß gut, dass wir die Tiere im Lager haben." sagte Siga und Schicha stimmte ihm zu. "Ja, ohne die Tiere würden wir nun nichts zu jagen mehr finden und wir müssten hungern." Ohne Beute machten sie sich wieder auf den Weg zu ihrer warmen Hütte und ihren Frauen die sie bestimmt schon erwarteten.

Schara machte den beiden die Türe auf. Im Sommer würde sie ihr erstes Kind zur Welt bringen und darauf freuten sich Siga und sie, aber auch Sigas Eltern, schon sehr. Trotzdem musste Schara alle Arbeiten des täglichen Ablaufs mit machen. Schonplätze gab es keine und Rücksicht wurde nur eingeschränkt genommen. Jetzt im Winter waren die Töpferöfen nicht in Betrieb und im Garten konnte auch nicht viel gemacht werden. Daher kümmerten sich die Frauen nun auch mit um die Tiere. Hauptsächlich das Füttern der Ziegen war für die Frauen vorgesehen. Die Auerochsen und Schweine wurden weiterhin von den Männern versorgt.

Als nun endlich der Schnee schmolz und der Frühling begann in das kleine Lager zu ziehen, begannen die Menschen eine kleine Feier vorzubereiten. Die ersten grünen Zweige wurden in das Lager gebracht und ein Schwein wurde zu der Feier geschlachtet. Alle trafen sich an der kleinen Hütte in der Mitte und setzten sich um das Feuer, über dem das Schwein gebraten wurde. Nach der ganzen dunklen Jahreszeit war es ein ausgelassenes Fest. Es wurde gesungen und gelacht, man erzählte sich Geschichten. Als das Schwein dann aufgegessen war gingen alle beschwingt in ihre Häuser. So ein Fest wollten sie nun jedes Jahr feiern, nahmen sie sich vor.

Schara und Siga gingen nun wieder in die Wiesen hinaus. Die Blumen begannen zu Blühen und an den Bäumen waren schon die ersten Blüten zu sehen. Die Tiere kamen auch aus den Wäldern wieder zurück und über ihnen sahen sie die Gänse anfliegen, die den ganzen Winter nicht zu sehen waren. Am Fluss konnten die Männer nun auch wieder Enten und Gänse fangen und nicht nur Fische wie im Winter.

Der warme Frühlingswind strich durch die Wälder zu beiden Seiten des Lagers und die Tiere wurden ganz übermütig von der warmen Luft und den Gerüchen des Frühlings. Das leben kehrte in die Natur zurück und ihr Kind wuchs auch in Schara heran. Die Töperöfen wurden wieder in Betrieb genommen und der Handel mit den anderen Lagern kam wieder in Gang. Der Austausch von Informationen war auch sehr wichtig für alle im Lager. Zu lange hatte man auf Neuigkeiten verzichtet und immer wenn einer der Männer zurück kam warteten die Frauen schon auf Nachrichten, die er sicher mitbringen würde.

Jetzt im Frühjahr kam es auch dazu, dass die jungen Frauen aus dem Lager sich Männer aus anderen Lagern in der Umgebung suchten und zu ihnen zogen. Umgekehrt zogen auch junge Frauen aus den anderen Lagern zu den Männern in Schichas Lager. Auch dabei wurden Informationen ausgetauscht und manchmal wurde auch ein Tier mitgegeben oder ein neues Tier kam in das Lager.

In diesem Jahr brachte eine junge Frau ein paar Gänse mit in das Lager. Eigentlich sollten diese bei der Feier verspeist werden, doch alle im Lager beschlossen, diese Gänse in ein Gehege zu tun und durch weitere gefangene Gänse zu verstärken. Die Männer bauten dafür aus Seilen ein Netz mit dem sie am Fluss auf Gänsejagd gingen. Sie legten sich mit dem Netz in einem Gebüsch auf die Lauer und als sich ein paar Gänse am Fluss nieder ließen warfen sie das Netz über die Gänse. Damit diese nicht fort flogen wurden ihnen ein paar Federn an den Schwingen gekürzt und dadurch wurden sie zu Fußgängern und leichter zu beherrschen. Die junge Frau sollte im Lager nun die Gänse betreuen und schon bald hatte sie auf zwanzig Gänse aufzupassen.

Auf diese Art kamen immer wieder neue Tiere dazu. Manche waren fremdartig und da es dann nur eines davon gab konnte man sie nicht züchten, doch viele kamen direkt aus der Natur um das Lager und so hatte man die Möglichkeit immer wieder welche zu fangen und mit in die Zucht zu nehmen. Alles wurde durch das ganze Lager beschlossen und ein jeder hatte seine Stimme bei der Entscheidung.

23. Kapitel
Ein neuer Schamane

Mit dem beginnenden Sommer wurde Mussa immer schwächer. Er wurde immer gebrechlicher und hatte mehr als sechzig Sommer gesehen. Wenn er mal die kleine Hütte verließ, stützte er sich auf einen Stock oder er ließ sich von Schicha helfen. In den letzten Jahren hatte er ihm alles beigebracht, was man als Schamane wissen musste. Der Geist des Bären hatte Schicha ebenfalls akzeptiert und nun sah es so aus, als ob dies der letzte Sommer für Mussa sein würde.

An einem warmen Frühsommerabend bat Mussa Schicha ihn an das Feuer zu begleiten. Zusammen versetzten sie sich in Trance mit Mussas Trommel. Er rief den Geist des Bären, der auch sofort erschien. In der Gegenwart des Bären übergab Mussa die Trommel an Schicha und als der Geist des Bären verschwand starb Mussa am Feuer.

Schicha rief das ganze Lager zusammen und gemeinsam nahmen sie dort am Feuer Abschied von Mussa. Bis jetzt hatten sie die Toten immer in einem nahen Wäldchen beerdigt doch diesmal wollte Schicha den Geist des Bären befragen, ob das auch bei Mussa so sollte, oder ob sie bei ihm anders vorgehen sollten. Am Morgen danach setzte sich also Schicha mit der Trommel an das Feuer und als er sich in Trance versetzte erschien auch schon der Bär in den Flammen direkt vor ihm. Mussa fragte ihn "Was soll mit Mussas Körper passieren? Sollen wir ihn beerdigen, wie alle anderen auch dort drüben im Wäldchen, oder soll für ihn eine besondere Feier durchgeführt werden? Bitte Geist des Bären gib mir einen Rat."

Der Bär überlegte kurz und sprach dann zu Schicha "Ab heute sollt ihr die Körper eurer Toten nicht mehr im Wald bestatten sondern ihr sollt sie dem Feuer übergeben, damit ihre Seelen sich mit meinem Geist verbinden können. Vorher sollt ihr mit einer Feier an die verstorbenen und deren Taten gedenken und die Asche, die vergrabt dann im Wald." Schicha danke dem Geist des Bären, der sich daraufhin zurückzog und dann rief Schicha die Männer zusammen.

Gemeinsam gingen sie in den Wald um das Holz für das Feuer zu sammeln. Die Frauen bereiteten Mussas Leiche für die Feier vor und sie schlachteten auch ein Schwein für diese Feier. Auf der kleinen Lichtung neben dem Lager hatten die Männer das Holz zu einem flachen Stapel aufgeschichtet, auf den sie Mussas Leiche, die jetzt in Tücher eingehüllt war, legten. Neben diesem Stapel wurde ein kleines Feuer für das Schwein vorbereitet und dieses dann gebraten.

Ein jeder aus dem Dorf trat an Mussas Leiche heran und erzählte ein Erlebnis, das ihn besonders mit ihm verbunden hatte oder das ihm besonders in der Erinnerung geblieben war. Der letzte der an Mussa heran trat war Schicha, der ihm für die vielen Tipps als Schamane und als Vaterersatz dankte. Als er seine Rede beendet hatte verbeugten sich alle gleichzeitig vor Mussa und Schicha legte eine Fackel in den Holzstapel. In den Funken, die aus dem Feuer schlugen, konnte Schicha sehen, wie sich der Geist von Mussa mit dem Geist des Bären vereinigte.

Es dauerte lange, bis das Feuer nieder gebrannt war und in dieser Zeit wurde das gebratenen ´Schwein verzehrt. In den Gesprächen wurde immer wieder an Mussa erinnert. Am nächsten Morgen wurde die Asche in einen von Maras Töpfen gelegt und in dem kleinen Wäldchen bestattet, so wie es der Geist des Bären gewünscht hatte.

Schicha war nun der neue Schamane und auch das Oberhaupt des Lagers. Die Jäger führte Gumba an und wann immer etwas zu klären war riefen die beiden alle aus dem Lager an dem kleinen Feuer neben Schichas Hütte zusammen. Wenn sie sich mal nicht einigen konnte dann rief Schicha den Geist des Bären an und dieser entschied dann was zu tun war.

Es gab nun auch schon Besprechungen zwischen den Lagern. Wenn diese stattfanden so ritten Schicha, Siga und Gumba zu einem gemeinsamen Treffpunkt. Dort wurde dann Dinge besprochen, die das Leben zwischen den Lagern betrafen. Vorher und hinterher wurde diese Anfragen erst einmal im eigenen Lager besprochen und dann eine gemeinsame Linie gefunden. Zuerst im Lager und dann mit den anderen Lagern für die gesamte freie Ebene.

Wann immer es möglich war brachte Schicha seinem Sohn alles bei was er von Mussa gelernt hatte. Oft saßen sie nun zusammen am Feuer und riefen den Geist des Bären an. Irgendwann sollte Siga mal als Schamane dieses Lager anführen und er würde dieses Amt an seine Kinder weiter geben, wenn es an der Zeit sein sollte. Bis dahin musste er aber noch viel lernen.

Siga und Schara waren zusammen immer noch sehr glücklich und alle in dem Lager freuten sich schon auf das Kind der beiden. Wann immer Schara bei den Frauen war redeten sie nur über das Kind. Sie wurde nun von den körperlich schwereren Dingen und Tätigkeiten ausgenommen und hatte oft die Möglichkeit sich kurz zu setzen wenn sie in ihrem Garten war. Siga hatte ihr dazu aus einem Holzstamm eine Bank gemacht, die er neben den Eingang zum Garten gestellt hatte. Nicht nur von Schara wurde dieser Platz gern angenommen. Auch die anderen Frauen setzten sich gern an diese Ecke des Gartens, weil dort die Blumen so schön dufteten. An dieser Stelle konnte man die Mühsal des Tagewerks für ein paar Minuten vergessen und sich kurz erholen.

Direkt neben die Bank hatte Schicha einen kleinen Baum gepflanzt. Er war zwar erst etwa Hüfthoch, doch irgendwann würden sie im Schatten des Baumes auf dieser Bank sitzen können. Zusammen mit Sigas Kinder vielleicht oder auch mit deren Kindern. Wer konnte das schon wissen, doch Schicha und Mara freuten sich schon bei dem Gedanken, wenn sie an dem kleinen Bäumchen vorbei kamen.

Das Leben nahm seinen gewohnten Lauf in dem kleinen Lager am Fluss und durch die Tiere war ein täglicher Rhythmus wichtig. Alles hatte seine Zeit, die Tiere waren die Fütterungszeiten gewöhnt und die Gartenzeiten wurden einfach dazwischen gelegt. Die Zeiten, in denen die Zeit egal war, die waren lange vorbei. Wichtig war nun die Planung der Arbeiten. Diese oblag Schicha und Gumba für die Männer sowie Mara und Kara für die Frauen.

24. Kapitel

Ein Schrei in die Zukunft

Der Hochsommer war gekommen und die Hitze in dem Lager war an manchen Tagen fast unerträglich. Alle versuchten im Schatten zu bleiben und alle nötigen Arbeiten am frühen Morgen oder späten Abend durchzuführen. Für Schara war es besonders schwer, da es nun jeden Tag bei ihr so weit sein musste. Siga ließ sie schon seit einer Woche nicht mehr aus dem Haus und darüber war sie insgeheim auch sehr froh, auch wenn sie das ihrem Mann gegenüber niemals zugegeben hätte.

Alle Frauen des Lagers kamen täglich nacheinander in der kleinen Hütte vorbei, fragten ob Schara etwas brauchte oder brachten irgendetwas vorbei, von denen sie annahmen, dass es Schara benötigen könnte. Mara versuchte sie so gut es ging abzuschirmen, damit sie ihre Ruhe haben konnte. Nicht immer gelang das.

Obwohl sie nun schon eine Weile in dem Lager lebten sollte es doch das erste Kind sein, was hier geboren werden sollte und das machte es für alle zu etwas ganz besonderen.

An einem Sommerabend sollte es nun aber endlich so weit sein. Mara schickte Siga zu Kara, damit er sie zu ihr in die Hütte holen sollte. Zusammen kümmerten sich die beiden erfahrenen Frauen um Schara. Vor der Hütte lief nun das ganze Lager zusammen. Jeder der Zeit hatte, oder seine Arbeit für den Tag beendet hatte, stand bei Siga und Schicha an dem Feuer neben der Hütte.

Der Wind strich durch die Bäume rings um das Lager und brachte eine leichte Abkühlung. Wie ein Wispern hörte sich das Geräusch der Blätter an, als der Wind durch die Äste streifte. Es dauerte nun schon ein paar Stunden und immer war noch nichts aus der Hütte zu hören. Weder Siga noch Schicha trauten sich hinein. Die Frauen würden sie schon informieren, wenn es soweit sein sollte.

Nervös und unruhig saßen alle rings um das Feuer und der Mond ging schon über dem Fluss auf. Langsam nahm er seinen Weg über den Himmel und nichts passierte. Sollten sie darüber froh oder besorgt sein? Keiner wagte es laut zu sprechen in dieser Nacht. Vierzig Menschen saßen still am Feuer und warteten.

Als am nächsten Morgen die ersten Sonnenstrahlen am Horizont zu sehen waren hörten sie aus der Hütte den erlösenden Schrei. Alle standen auf und Siga ging zur Hütte hinüber. Mara trat gerade heraus und sagte "Siga du hast einen Sohn und Schara geht es auch gut." Siga umarmte seine Mutter und stürmte in die Hütte hinein. Er schaute seinen Sohn an und küsste seine Frau.

Mit seinem Sohn auf dem Arm trat er vor die Hütte und hielt ihn der Sonne und den Wartenden entgegen. Als sein Sohn daraufhin anfing zu schreien sagte er zu allen "Dieser, mein Sohn ist hier in diesem Lager geboren. Er wird niemals unser altes Nomadentum kennen lernen, sondern immer an diesem einen Platz leben. So soll es sein und so wird es sein. Er ist unser aller Zukunft hier an diesem schönen Platz."

Alle ringsum stimmten zu und auch die Tiere und Pflanzen im Lager schienen diesem Ausspruch zuzustimmen. Der Geist des Bären und die Seele von Mussa schauten von oben herab und hielten ihre Hand schützend über das Lager und die Bewohner.

Von Uwe Goeritz ebenfalls beim Verlag BoD erschienen (BoD – Books on Demand, Norderstedt, nähere Informationen finden Sie unter www.BoD.de)

"In den finsteren Wäldern Sachsens"
die ISBN lautet 978-3-7357-7982-3

"Diese Geschichte spielt von 764 bis 802 in den Völkern der Sachsen und Franken. Matthias, ein Franke, und Thorsten, ein Sachse, haben beide ihre Familien in den Sachsenkriegen verloren. Nach kämpfen gegeneinander werden sie Freunde und müssen sich den täglichen Anforderungen des Lebens stellen. Im Kontext des Krieges von Karl dem Großen gegen die Sachsen muss sich ihre Freundschaft bewähren wenn Frieden zwischen den Völkern herrschen soll."

108 Seiten für 7,90 Euro

"Der Gefolgsmann des Königs"
die ISBN lautet: 978-3-7357-2281-2

"Die Geschichte spielt um das Jahr 950 im Volke der Sachsen in der Nähe des heutigen Magdeburg. Berthold ist als Oberhaupt nach dem Tod seines Vaters für die Geschicke des Dorfes verantwortlich. Zusammen mit seiner Frau Johanna, seinen Brüdern, seiner Heilkundigen Schwester Edith und den anderen Bewohnern im Dorf bewältigt er die täglichen Herausforderungen des Lebens in einer Zeit in der das Christentum und die Einigkeit des deutschen Volkes noch ganz am Anfang stehen. Als König Otto zum Kampf gegen die Ungarn ruft, werden Berthold und die Seinen auf eine harte Probe gestellt."

116 Seiten für 7,90 Euro

Aktuelle Informationen und Neuerscheinungen finden sie immer im Internet unter **www.Goeritz-Netz.de**